魔幻偵探所

49

史特加的鬼將軍

關景峰 著

新雅文化事業有限公司
www.sunya.com.hk

魔幻偵探所

人物介紹

南森

身分：魔幻偵探所創辦人、領頭羊

年齡：120歲

畢業學校：斯塔福德學院（伏魔系）

學位：博士

捉妖經驗：108年，獲得「捉妖能手」、「怪獸剋星」等稱號

性格：遇事鎮定、善於思考，生氣時聽到幾句好話氣就消了

最具殺傷力的武器：
顯形粉、捆妖繩、無影鋼鐵牆

海倫

身分：魔幻偵探所成員，南森的得力助手

年齡：13歲

畢業學校：劍橋大學（法術系）

學位：學士

性格：開朗、逢事觀察細緻，
吵架時總讓着本傑明

最具殺傷力的武器：捆妖繩、
凝固氣流彈

本傑明

身分：魔幻偵探所實習生

年齡：11 歲

就讀學校：牛津大學（捉妖系）

性格：聰明淘氣、遇事毛躁

最厲害的戰術：非常規戰術

派恩

身分：魔幻偵探所實習生

年齡：10歲

就讀學校：倫敦大學魔法學院
（反幽靈技術系）

性格：聰明活潑，非常好勝，有時候喜歡誇誇其談

保羅

身分：魔幻偵探所機械狗

年齡：100 歲

工作能力：無所不知的電腦資料庫，善於用百分比分析事物

性格：異想天開、調皮、懶惰

最喜歡的食物：潤滑油

最具殺傷力的武器：追妖導彈

特級裝備

捆妖繩

能夠對準魔怪迅速旋轉收縮，將它捆緊綁實，繩子一旦落到魔怪身上，就像嵌入肉裏，魔怪越掙脫綁得越緊，當然放繩子時可要放得準才行。

無影鋼鐵牆

這堵牆其實就是氣流，它把氣流變成了無影無形的鋼鐵牆壁，能將敵人困在其中，衝不出去。

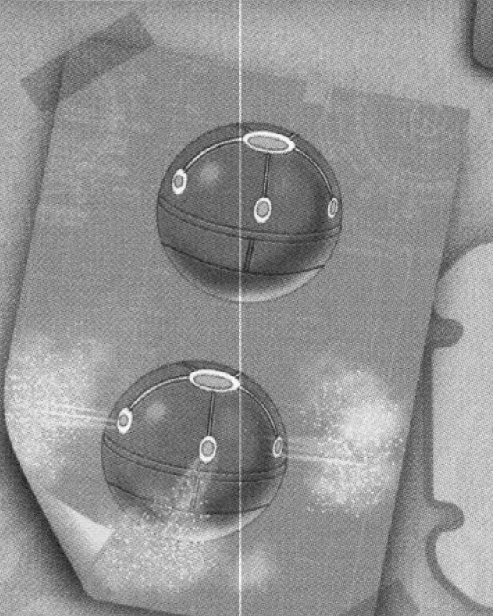

顯形粉

這是一種非常神奇的粉末，即使魔怪偽裝、隱形了也完全能顯現出它的原形。對了，「顯形」就是「現出原形」的意思！

裝魔瓶

能把魔怪收進裏面，使其在三天內化成清水的神奇瓶子。即使魔怪身形再龐大，也能收進瓶內。

幽靈雷達

能夠準確測定氣流存在的方位，並及時發出警報的裝置。它能跟蹤、測定魔怪在哪裏。不過，如果魔怪的魔力非常強，幽靈雷達有時候也可能測不到，它的更強大的功能還有待你去改進！

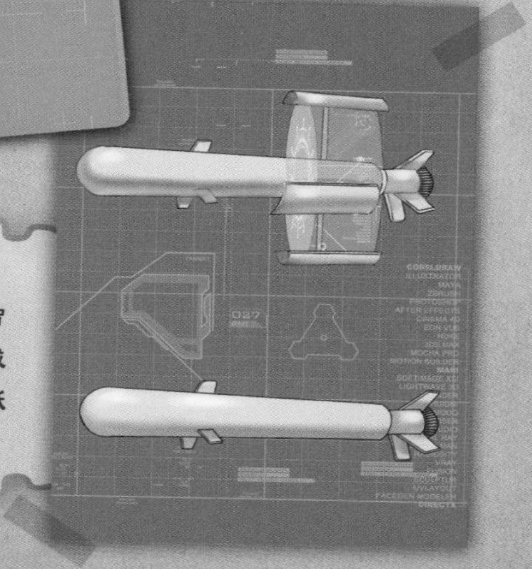

追妖導彈

能夠自動尋找魔怪，進行智能追蹤的導彈，這種導彈威力比較大，一般魔怪根本抵抗不了。

魔幻偵探開始行動！

目錄

第一章　血手印

倫敦，魔幻偵探所。海倫吃力地提着個袋子回到偵探所，她一進門就看到派恩在和本傑明靠在沙發上看電視。

「……好吃，好味，歡樂時刻，就吃米森薯片……」電視裏，傳出來廣告片的聲音。

「噢，米森薯片，海倫，你沒有買吧？」派恩看了看海倫，問道。

「沒有。」海倫很乾脆地回答。

「我真想鑽到電視機裏去吃呀……」派恩的眼睛看着電視熒幕，一副貪婪的樣子。

「那你就鑽呀，鑽進去吃。」本傑明微微一笑，説道。

「我不去。」派恩搖了搖頭，「我要是鑽進去，你一換台，我就回不來了。」

「派恩，你什麼時候還學會幽默了？」本傑明一臉驚奇的樣子。

「我本來就很幽默，天下第一超級無敵魔幻幽默家。」派恩有些不屑地說，「你才知道？」

「我說，你們兩個，幫我做點事。成天就這樣鬥嘴，有意思嗎？」海倫說着指了指廚房，「本傑明，把我買回來的冷凍食品放進冰箱，派恩，去把碗碟都拿出來……」

本傑明無可奈何地站了起來，派恩懶洋洋地站起來。

電視裏，突然換成了火腿的廣告。

「派恩，德國火腿，你可以鑽進去吃德國食品，我保證不換台。」本傑明邊走邊指着電視說。

「我是倫敦人，我不要吃德國火腿。」派恩看了看電視，「噢，德國，我都懶得去，最近我感覺我的腰很難受，很不舒服，海倫還讓我幹這幹那的。」

派恩一邊抱怨着，一邊去拿碗碟。他忽然想到了南森。南森帶着保羅，一早就去魔法師聯合會了，說是有急事，到現在還沒有回來。

海倫開始做午餐了，本傑明和派恩在廚房裏幫了一會忙，不過很快就被海倫趕了出來，他倆在裏面又有爭執，做事情也手忙腳亂的。

「管家婆，一天到晚對我指手畫腳的。」派恩走出來，不高興地說。

「你才來多久呀，我被她管了好多年了。」本傑明跟着說，他和派恩看法完全一致的時候很少。

兩人也感覺奇怪，相互看了一眼，隨後都不説話了。

這時，門被推開了，南森帶着保羅走進了屋。他倆剛從魔法師聯合會回來。

「海倫在做飯，對吧？」保羅伸長脖子，聞了聞問道，「我們可能吃不上這頓午飯了，我們要去德國了。」

「去德國？」派恩叫了起來，「去吃德國火腿？」

「還有酸黃瓜呢。」本傑明説完揮了揮手，「派恩，你想什麼呢？一定是有了什麼案子。」

「史特加的一家酒店，客房大門上發現了很多血手印。」南森説道，「擦掉後，還沒查清誰幹的，第二天又出現了，當地魔法師聯合會認定是魔怪所為，目前似乎還沒有什麼傷亡事件發生，但是我們要快去……」

德國史特加市郊的格爾酒店，是一座古堡改造的高級旅館。前天晚上，這家酒店每個客房的大門上，都出現了一個血手印，警方展開了調查，但是沒什麼進展。酒店和警方最初都認為這有可能是某人的惡作劇，因為酒店有客人入住，不可能把那些手印一直留在那裏，取證後這些手印被擦掉，同時加強了保安的巡邏。誰知昨天早上，有早起的客人發現血手印再次出現，更有個旅客甚至在清晨看到窗外飄過的一片雲彩中，有一個人頭露了出來，這下驚動了當地的魔法師聯合會，經過勘驗，那血手印中確實有魔怪反應。

史特加的魔法師聯合會，立即聯絡倫敦魔法師聯合會，他們通過倫敦魔法師聯合會，請南森他們前往破案。史特加魔法師聯合會只有幾個人，現在全部布置在酒店，都派不出人親自前來説明案情。南森一早被叫到了倫敦魔法師聯合會，在那裏和史特加魔法師聯合會的杜登會長進行了視像通話，還看了現場景象。目前，這個酒店的全部房客都已經被嚇跑了。

回偵探所的路上，保羅已經訂了機票，他們在三小時後要從倫敦直飛史特加了。海倫中止了午餐製作，大家開始收拾各自的行李，兩個小時候，他們到達了機場，趕上了飛往史特加的航班。

飛機飛行了三個小時，到達了史特加機場。保羅是被當做一隻玩具狗抱上飛機的。在機場接機大堂，一個高大的金髮男子舉着一塊牌子，上面寫着「南森博士」幾個字。南森剛剛看到牌子，那個男子就走了過來。

「南森先生，你好。」男子伸出手，「我是史特加魔法師聯合會的埃里克，我在電視上見過你……」

「你好。」南森和埃里克握了握手，「這幾位都是我的助手——保羅、海倫、本傑明、派恩。」

埃里克向大家點點頭，海倫發現埃里克的個子非常高，她甚至有點擔心這樣的大個子行動的時候會不會有些笨手笨腳，不方便與魔怪對戰。

「情況怎麼樣？」南森跟着埃里克向機場外走去，「在我們來的這幾個小時裏，有什麼變化嗎？」

「情況還好，反正酒店裏的客人和員工都撤離了，只是這件事給大家造成了很大的恐慌，報紙和電視都報道了。」埃里克邊走邊說，「現在酒店四周來了不少人，都是一些膽子很大的人，有記者、有看熱鬧的，還有要幫忙抓魔怪的，總之有些混亂。」

「酒店規模很大嗎？」南森問。

「上下四層，古堡風格，其實以前真是一個古堡，一共五十多間客房，三十多個員工，算是中等規模吧。」埃里克說，「這次我將全程陪同你們處理這個案件。」

「好的。」南森看了看機場外人來人往的景象，「我要先看現場，再去見那個目擊者……有人從雲彩上出現，真是奇怪……」

南森他們坐着埃里克的車，直接來到了格爾酒店，從遠處看，格爾酒店的外貌還是一座古堡的樣子，酒店背靠着一座小山，山上全都是樹，酒店四周也都是高大的樹木，酒店前還有一座巨大的噴泉，這樣的景象絕對值得入畫，但是聯想到酒店裏的血手印，真是無法想像。

酒店大門口，站着兩個人，一男一女。男子年齡有六、七十歲，女子大概五十多歲，看上去神情不安。

「這是我們魔法師聯合會的杜登會長，這位是酒店的總經理琳娜女士。」埃里克下車後就連忙介紹。

「倫敦來的南森先生，請快點幫我們抓住那個搗亂的傢伙，不管它是誰。大家先是覺得這是惡作劇，現在說是魔怪所為，無論是誰，我們都無法開業了。」琳娜女士上前一步，急着說道。

「我們要查看一下情況，這需要一個過程，我們會盡全力處理這件事。」南森很理解琳娜女士的心情，他有些擔心地望着琳娜，「不過你……不會魔法吧？你還在酒店裏？」

「我不怕那個魔怪，我的口袋裏有大蒜，我的辦公室還有裁紙刀，銀質的。」琳娜女士有點胖，她揮舞着手臂，「要是碰到那個搗亂的魔怪，我就和它拼了。」

「噢，這可不是個好主意……」南森真的擔心起來。

「南森先生，我是杜登，我們在視像裏見過……我們有人跟着琳娜總經理，不過晚上還是建議她回家去。」杜登會長插話說，「你來得很及時，那些血手印都在，我們保留了現場，反正客人都跑光了。」

「嗨——我能幫你們抓到魔怪——」一個聲音傳來，酒店外有警戒線，警察在那裏執勤，警戒線外，有幾個記者，扛着攝錄機，還有幾十個圍觀的人。喊叫的人是個瘦瘦的男子，他的喊話說的是德語。南森懂德語，小助手們也能用德語交流，但是無論是埃里克，還是琳娜，都用英語和南森他們交流。

「有點混亂呀。」南森回頭看了看那些人。

「未來還會更亂，聽說這裏有魔怪後，還有人從奧地利趕過來呢。」杜登會長無奈地說，「第一次出現血手印

就有房客通知了媒體。」

「既然這樣，我們快點展開工作吧。」南森聳聳肩，「現場都保留着？那很好。」

大家簇擁着南森，走進了酒店，酒店大堂除了空無一人，看上去都很正常。埃里克介紹說酒店一樓分別是大堂、餐廳和商店，客房在二、三、四樓，南森他們乘坐電梯，上了二樓，海倫和本傑明已經拿出了幽靈雷達。

他們來到二樓，出了電梯，左右都是客房，他們當即就看到了兩邊客房的房門上那個血手印，手印的大小是成年人的，血紅的印記，還有血水淌下來，很是恐怖。

南森他們來到電梯斜對面的209客房門前，保羅對着血手印進行探測，海倫和本傑明也用幽靈雷達對着血手印照射。

「血其實是牛血，我們檢測過。」杜登會長說，「關鍵是，大部分的血手印都有輕微的魔怪反應。」

「是這樣的。」保羅看看南森，「牛的血，有魔怪反應，極輕微，所以無法推斷是哪種魔怪。」

「所有客房都有嗎？」南森扭頭看看杜登。

「每一間客房都有。」琳娜搶着說，「四樓辦公區的辦公室也有，我的總經理室大門也有。」

「這是……威脅嗎？」南森像是自言自語，隨後，他看看大家，「我們把現場全部看一遍，老伙計，把這些手印都拍攝下來。」

他們開始逐個房門查看，很快就看完了二樓的客房，隨後去了三樓。四樓的左邊區域是辦公區，右邊還是客房。南森他們看了辦公區的房門，都有血手印。隨後，他們來到了客房區，每個客房大門的血手印，像是在等待他們的檢查一樣。

「這個門上的手印……」在410房間門口，南森看着血手印，略微愣住了。

只見410房間的大門上，有一個印記，同樣淌着血，但是這個印記明顯比手印要小，關鍵是根本看不清手指，其他手印都是張開的五指，這個印記似乎完全併攏，但是併攏後，完全沒有手的外形。

「從410房間開始，一直到最後的421房間，全都是這種。」埃里克說，「401到409房間大門都是手印，但這種實在看不清是什麼。」

南森點點頭，仔細地看着那個印記。海倫說這個印記像是拳頭砸上去的，但是最上方，有個突出的尖頭。

「兩次客房門口出現手印，都是凌晨時分，對吧？」南森看看琳娜總經理。

「凌晨一點保安會巡視最後一遍，都沒有看到手印，

405
403

402

凌晨五點保安開始第二天的首次全酒店巡視，就發現血手印了。」琳娜連忙說。

「房客們都沒有聽到拍門的聲音？」南森又問。

「沒有一個房客聽到。」琳娜說道，「二、三、四樓也沒有裝監控設備，所以也不知道是誰拍上去的手印；一樓大堂裏有監控設備，可是晚上十二點後，沒有發現有什麼奇怪的人進來呀。」

「如果有魔怪進來，監控設備也拍不到，魔怪無法顯示在攝影設備中的。」南森若有所思地說。

這個不是手印，究竟是什麼？

他們看完了全部的手印，四樓最後那些手印，確實全都呈現出一個團狀，但是上面有個尖狀物，說不清到底是什麼。

大部分的手印，包括說不清形狀的印記，都透射出微微的魔怪反應，海倫他們用幽靈雷達探測了其他區域，除了這些印記，沒有再發現哪裏有魔怪痕跡。

第二章　雲團裏的人

「接下來，是那個看見雲彩裏有人出現的目擊者，他不在這個酒店吧？」南森問埃里克，「我要去見他，會長先生和琳娜總經理就不用去了。」

「他被安排了在附近的哈默爾恩酒店，他可不敢住在這裏了。」埃里克連忙説，「距離不算遠，我開車帶你們去。」

南森他們來到了樓下，在大門口，南森又看到了警戒線外那些人，似乎比剛才更多了，這些人對魔怪事件都非常感興趣，應該是一直守在這裏了。

半個小時後，南森他們來到了城西的哈默爾恩酒店。目擊者在315房間，之前埃里克已經打過電話了。

按下門鈴後，門被打開了，一個五、六十歲的男子開的門，他有些興奮地看着南森。

「嗨，南森博士，快請進，久仰大名呀，我叫莫蘭奇，這位是我太太，我比你們先來這裏，前些天我們在慕尼黑，剛到史特加沒兩天……」

「比我們先到這裏？」南森和莫蘭奇握握手，但是有些不解地問。

「我也是從倫敦來的呀，我住在車路士區。」莫蘭奇笑着説道，「我們是來德國旅行的，已經去了好幾個城市了，史特加是最後一站。」

「真是很奇妙的感覺。」南森略帶驚奇地説，「我們這些倫敦人居然這樣在德國見面。」

南森他們進到房間裏，全都坐好，他們基本上是圍着莫蘭奇夫婦的，這令這對夫婦似乎有些緊張，剛才那種輕鬆完全不見了。

「莫蘭奇先生，莫蘭奇太太。」南森笑着，努力讓談話在輕鬆狀態下進行，這樣才能令受訪者回憶起更多細節，「你們昨天早上遇到的事情，很是新奇，老實説，我都沒怎麼遇到過。不過這種事，不能向你們祝賀『噢，恭喜，你們是全世界第一個這種事件的目擊者』，確實不能這樣。」

莫蘭奇夫婦全都笑了，海倫他們也都笑了，氣氛的確放鬆了一些。

「不過你們的目擊報告，的確是警方推斷格爾酒店事件是魔怪所為的重要依據，我想知道詳情，你到底看到了什麼？」南森已經掏出了本子，他很是認真地説。

「我嘛……你知道我們這些有些年紀的人，起得比較早，那天早上不到五點我就醒了，我太太也是。」莫蘭奇開始了回憶，「然後，我就拉開了窗簾，當時天色已經微微發亮，我看到窗外有一團白霧，我想這裏是不是和倫敦一樣呀，有霧天。仔細一看，是一團雲霧，我想這雲霧距離這麼近呀，好像和我所在四樓的窗戶只有十幾米。」

「你住在四樓，一團雲霧距離你的窗戶只有十幾米？」南森複述了一遍，邊説邊記。

「是的。」莫蘭奇點點頭，隨後很是配合地停頓了一會，等着南森記錄完畢，「那團雲霧在動，我看見雲霧中，有一個人頭探出來，嚇了我一跳。那絕對是一個人，但是我只看見頭，身子埋在雲團中。」

「樣貌、神態、那個人在幹什麼？」南森問。

「是一個年紀大的人，有六十歲吧，頭髮向後梳着，乾乾瘦瘦的，他……頭轉了兩下，我確定他沒有看見我，我也不知道他在幹什麼，後來……」莫蘭奇説着看了看太太，「我想叫我太太來看，可是走廊裏有人大叫起來，因為有個早起的人，出門後看到了門上的血手印。結果我和我太太，還有其他房客，都開門去看走廊裏的情況了，我們的門上也有血手印，等我們回去再看窗外的時候，雲團早就不見了。」

「很奇怪的事。」南森一副深思的樣子，「難道是魔

為什麼雲團裏會
冒出人頭來？

怪踩在雲朵中？莫蘭奇先生，你還看到了什麼？請仔細想想。」

「其實……我也不是很確定。」莫蘭奇有些猶豫，「那個雲團中，好像還有個鳥頭……應該是個鳥頭，我沒看清，這是我現在想起來的，不是很確定，也沒和警察說，我只說了我確定的事情。」

「鳥頭？什麼樣的鳥？」

「應該是個鳥頭，但是我不確定，也許我看花眼了，我只關注那個人頭了。」

「酒店裏沒有別人看到莫蘭奇先生所說的雲團吧？」南森轉頭看了看埃里克。

「沒有，目前只有這一個報告。」埃里克回答說。

南森點點頭。隨後看着本子上的記錄，他收起了本子，然後站了起來。

「莫蘭奇先生，希望你接下來的旅途愉快，在格爾酒店遇到的事情，不會再發生了。我也很感謝你的證詞，對我們的偵查，幫助一定很大。」

南森他們離開了莫蘭奇夫婦居住的酒店，回到了格爾酒店。這次的探訪，當然有收穫，但是更多的是不解和震驚，莫蘭奇描述的事物，就像是魔怪騰雲駕霧一般。

接下來，在偵查這個案件的階段，南森他們將住在酒店裏，這個時候酒店裏沒有一個旅客了，他們居住的房間可以隨便選擇。南森選擇了四樓的一個大套房，他也期待在四樓能夠看到窗外的那個雲團。

魔法偵探們這一天是非常忙碌的，飛過來之後就是勘查現場，探訪目擊者。真正在酒店房間裏安頓下來，天已經黑了。

酒店裏，除了琳娜總經理，還有一個廚師和兩個服務生沒有離開，他們都很好奇，膽子也非常大，甚至要和魔法師一起抓魔怪。這三個人被魔法師們安置了在酒店一樓，維護着酒店日常的供電供水和設備，一個魔法師專程保護他們，琳娜總經理則是白天繼續來上班，晚上才回家。

由於廚師還在，南森他們在酒店裏吃了一頓晚餐。回到房間後，小助手們就把南森圍了起來，等待他的布置。

「你們可真夠着急的，我其實還沒有完全梳理一遍案情呢。」南森一副無可奈何的樣子，「不過我們正好一起梳理一下，這個案子是魔怪所為，目前這一點是確定的了。」

「一個能踩着雲彩行走，並且養了一隻鳥的魔怪。」派恩把手伸得很高，比畫着説，「或者是兩隻、三隻……」

「是呀。」南森點點頭，「簡單説，酒店出現了血手印，而且是兩次，洗掉後又出現，所以嚇壞了所有旅客，莫蘭奇先生甚至還看到了雲彩裏的人，這個雲彩裏的人和那隻可能存在的鳥，和血手印一定有關聯。為什麼每個大門上，要拍上一個血手印？這個情況，讓我聯想到……威脅和趕客。」

「威脅和趕客？」海倫皺着眉，問道。

「其實是一件事。」南森説，「就是嚇唬人，用血手印把房客們趕走，一次不行就再來一次。因為第一次有可能被認為是惡作劇，第二次可就不那麼簡單了，事實上旅客們確實都被嚇跑了。」

「為什麼要趕客呢？」本傑明疑惑地問，「魔怪不喜歡這裏的旅客？為什麼？這裏的旅客來自世界各地，不可能都和魔怪有仇吧？」

「如果換個角度看，這裏……」南森指了指房間，「以前是個古堡，有幾百年歷史了，這個老伙計都幫我查過了。二戰時，這裏受過戰爭的破壞，一度荒廢，後來才被重新利用，開發成這座格爾酒店。城堡以前根據不同的領主，有不同的名字，但是以前不叫格爾城堡，格爾是連鎖大酒店的品牌，這裏僅僅是其中一家。」

「博士，我有點明白你的意思了，是要查查古代城堡領主的情況嗎？如果哪個領主死後變成了魔怪，那麼它會很依賴這個生前居住的城堡的。」海倫認真地思考了一下，說道，「它用血手印嚇走旅客，那麼就能奪回這個城堡了。」

「沒錯，這就是我們的一個調查方向。大家注意，那些血手印上的血都是牛血，本身不會有魔怪反應，之所以有魔怪反應，應該是拍手印的魔怪自身的魔怪反應印在上面了，鮮血這種東西固定魔怪反應持續時間是很長的。」南森讚許地看着海倫，隨後看看保羅，「老伙計，把這座城堡歷代領主都查一下，看看有誰有可能變成魔怪。」

「好的，不過需要些時間。」保羅晃了晃腦袋，說道。

「我想我們應該展開多個方向。」南森站起來，走到窗戶旁邊，拉開窗簾，向外看了看，「如果我們能遇到魔怪，那麼問題就簡單了，所以……」

小助手們聽到南森的話，全都略帶緊張地看着他。

「如果我們把血手印再次全部擦掉，再讓幾個魔法師冒充旅客，入住這家酒店，就像什麼都沒發生過一樣，你們說魔怪還會再來拍血手印，或者是使用什麼其他恐嚇方式嗎？」

「會的，一定會的。」派恩搶着説，「我覺得魔怪使用血手印這個辦法，就是想恐嚇所有旅客，嚇走他們，這樣它就能佔有這個酒店了。」

「有道理，有道理。」本傑明連連點頭，派恩有些感謝地看看本傑明。

「那我們就這樣辦。」南森說道，「魔怪看到客人上門，一定還有所動作，我們只要守在這裏，也許也能看見踩在雲團裏的魔怪呢。」

「它會來故伎重演的。」海倫說着居然有點發笑，「不過它又要去找牛血了。」

「只能找動物血，人血它可找不到這麼多，它要是因為這個殺人，早就被魔法師們抓捕了。而且要是魔怪，人血都被它們吸食了。」本傑明深沉地說，「不知道它在附近哪裏殺了牛。」

「這個警方也在調查，看看哪裏損失了牛，不過現在還沒有結果。」南森說道，「明天一早，我們清理好酒店，然後讓『顧客』開始上門。」

「博士，我查好了，這個城堡有四百多年歷史了，換過五個領主，但是都是小領主。他們的情況，歷史上都沒什麼記載。」保羅走過來，有些焦急地說。

「好的，我知道了。」南森點點頭，「沒關係，這個方向似乎查不下去，那麼我們把精力都用在另外的方向上。」

第三章　魔怪來了

第二天一早，酒店裏剩下的人，包括繼續來上班的琳娜總經理，還有南森和小助手們，每人提着一個水桶，開始清洗客房門上的血手印，他們用了將近一個上午的時間，把血手印全部擦掉了。而大門外那些看熱鬧的人，因為酒店裏一直沒有什麼情況，圍觀的人似乎也少了很多。

中午過後，琳娜總經理走到警戒線那裏，勸阻那些圍觀的人和幾個記者回家，說酒店裏的情況基本查清楚了，就是有人惡作劇，並不是什麼魔怪事件。那些人聽到這樣的解釋，走了一大半，不過還是有少數幾個不肯走，就站在警戒線外。

下午四點多以後，酒店來了幾輛車，一些旅客從上面下來，開始入住酒店。酒店門口有一個服務生，忙碌着迎接這些客人。

看上去，酒店正在逐步恢復正常，當然，琳娜總經理的話是對外放風，其實是給隱藏起來的魔怪說的。那些旅客都是史特加魔法師聯合會的魔法師裝扮的，連杜登會長都來了。

下午六點，格爾酒店的四樓，海倫和本傑明出了房間，開始巡視酒店，所有的房間門都擦洗乾淨了，酒店的走廊裏，還放着輕音樂，看上去這裏就是一間正常的酒店，當然「入住」的客人還不算多。

「下午的時候，當地電視台和電台就開始播出新聞了，說此次事件很有可能是惡作劇。」本傑明一邊走一邊說，「希望魔怪看電視或收聽電台廣播。」

「它會這樣做的，因為它關注這裏。」海倫說，「它會知道這裏恢復營業的情況的。」

他們走到四樓的走廊中間，那裏有一個樓梯通道，他們要一層一層下去查看。兩人還沒推開通道門的時候，只見琳娜總經理從辦公區那邊走來。

「琳娜總經理。」海倫有些吃驚地看着琳娜，「你還沒有離開嗎？晚上那個魔怪有可能會來的。」

「按時下班，我一般都是六點下班的。」琳娜說道，「我其實一直在一樓的，剛才我去辦公室關燈，好像真的按時辦公一樣。」

「噢，是這樣。」海倫連着點頭說。

「我說可愛的小魔法師們，你們和那個老魔法師，還有那隻魔法小狗，一定要把搗亂的魔怪抓住呀。」琳娜用一種懇求的語氣說道，「我們這裏以前是多麼美好呀，顧

421

客盈門呀，全德國的格爾酒店年營業額排名前五名。再這樣保持一年，我就能去柏林總公司當格爾酒店集團的副總經理了。雖然我不想離開這裏，這裏是我祖宗的城堡，但那可是總公司副總經理呀……」

「琳娜總經理，你剛才説什麼？」海倫和本傑明都很是吃驚，海倫打斷了琳娜的話，「祖宗的城堡？」

「噢，據説我有個祖先，十九世紀初的時候，是這個古堡的主人，那時候這裏叫沃納海姆城堡，我的祖先就叫沃納海姆，是個很厲害的人物呢。我把這些和董事長説過，就因為這個，董事長把我從慕尼黑的格爾酒店調到了這裏，説我在祖先的房子裏工作會更加精神抖擻。噢，現在看起來確實是這樣。」

「該不是你的祖先在作怪吧？」本傑明脱口而出。

「什麼？你説什麼？」琳娜不解地看着本傑明，「我的祖先怎麼了？」

「噢，你就當他沒説，他經常這樣，説話不經過腦子。」海倫説着看看本傑明，「還不快向琳娜總經理道歉？」

「嗯，對不起，我也不知道自己在説什麼。」本傑明意識到自己的莽撞，連忙説道。

「居然這樣議論我的祖先，算了，看你們是小孩子。」琳娜皺皺眉向電梯走去，「快點把那個傢伙抓住，讓我們恢復營業。這倫敦來的孩子，真是沒禮貌……」

琳娜進了電梯，下樓了。本傑明站在電梯口，有些生氣。

「倫敦的孩子又怎麼了？她還沒和派恩打過交道呢……」

「算了，算了。」海倫拉了拉本傑明，「我們去巡查，每一層都要查看，博士等着我們呢。」

海倫和本傑明離開了四樓，下到三樓開始巡查，三樓也一樣，客房門都清理了，有兩間還有住客，當然這些住客都是魔法師。酒店裏的每一層都有魔法師，一樓大堂裏，由兩個魔法師裝扮的前台接待員，也在那裏靜靜地候客，其實他們都等着魔怪上門呢。

七點多的時候，海倫和本傑明巡查完每一個樓層，回到了房間。他們向南森報告了巡查情況，一切都恢復如初，雖然每層的「住客」都很少，但是有「住客」的房間都亮着燈，魔怪要是在附近，應該能看到。

「什麼情況都沒有。」保羅説着跳到了窗台上，他晃着頭，「我覺得魔怪就是來，也要在凌晨以後了，因為前兩次出現血手印的時間都是在凌晨後到黎明前這段時間，現在你們都可以放鬆點，我的魔怪探測系統開着呢，它一靠近我就告訴你們。」

「現在我們都休息去。」南森想了想説，「這個客廳開着燈。老伙計，你在凌晨十二點叫醒我們，我們要全程等候它上門。」

南森他們都去休息了。保羅獨自趴在窗台邊，他挑開窗簾向外看了看，天已經黑了下來，遠處的市中心，一片燈火，這裏在城市的南郊，建築物不是那麼多。酒店的北面，是一個綠樹環抱的小公園，公園過去，是一條大馬路，路上車來車往的。

保羅在窗台上趴了一個多小時，然後跳下了窗台，他在客廳裏跑了兩圈，感覺非常無聊，又跳到沙發上，趴了下來。

凌晨十二點一過，保羅準時叫醒了南森他們。大家來到客廳，南森把燈光調到最暗。

「現在我們要偽裝一個已經開始休息的房間。」南森説着，坐在沙發上，燈光都暗下來，它也就該來了。」

「我感覺它會來的，它不把這裏的人都嚇走，不會善罷甘休的。」本傑明坐在椅子上，身體趴在桌子上，一副懶洋洋的樣子，他還沒有完全醒過來。

「本傑明，你説得對。」保羅説着就跳到了窗台上，「我檢測到魔怪信號了。」

大家全都站了起來，本傑明和同樣沒睡醒的派恩全都精神起來，南森走向窗台，海倫手持幽靈雷達對着窗外探測着。

「從西南方向過來的。」保羅指了指外面，「我探測到了三個魔怪信號，一大兩小，距離我們六百米。」

「叫幫手了？」本傑明小聲地叫了出來，「居然有這麼多魔怪。」

「全體注意，全體注意，魔怪從西南方接近酒店，大家按計劃行事。」南森從口袋裏掏出一步小型對講機，說道。

樓下各層的每個魔法師都配備了無線耳機，他們都聽到了南森通知。因為魔怪會飛行，應該也有穿牆能力，無論它們從哪個樓層進來，都會有這一層的魔法師負責堵截。南森他們在抓捕計劃中，擔任主攻的任務，無論魔怪從哪個樓層進入，他們都要去那個樓層即時抓捕。

酒店外的目標距離酒店越來越近了，南森也通知了魔法師們，這次一共有三個魔怪。保羅發現，魔怪是從地面過來的。很快，三個魔怪就出現了在酒店的西側。南森他們全部下樓，他判斷魔怪從酒店西側進入一樓的可能性最大。

南森他們來到一樓，穿過酒店大堂，大堂前台的兩個魔法師全都做好了準備，南森對他們招招手，隨後帶着小助手們進入到一樓的西側，那裏有一個餐廳，還有幾個商店。

南森他們在餐廳裏埋伏好，餐廳前是一條走廊，這個走廊連接着通向二樓的樓梯，魔怪要是從一樓進來，會從那裏前往二樓，因為二、三、四樓才是酒店的客房。二樓的兩個魔法師已經在樓梯口那裏等候了，他們隨時會衝下來協助抓捕。

三個魔怪已經來到了酒店大樓的西側，不過它們到了酒店這裏後，明顯變得謹慎起來，保羅判斷他們距離西側圍牆大概有三十米，那有十幾棵大樹，魔怪應該就藏在樹叢中。

本傑明小心地把頭從餐廳裏探出去，走廊盡頭，是一扇禁閉的門，門上有個窗戶，不過外面黑暗，從窗戶看出去，什麼都看不到。

「別看了，我能探測到。」保羅在本傑明身後説，「它們原地不動，可能在判斷呢……」

「我也探測到。」本傑明晃了晃手裏的幽靈雷達，「我看它們很快就會進來的。」

「他們要上樓的時候，我們從後面堵住他們，魔法師在二樓阻截，我看比較好。」南森小聲地和海倫説，「打它們一個出其不意。」

「可以，這樣好。」海倫連忙説。

「噓——噓——」保羅叫了起來，「它們動了，它們過來了——」

大家立即都不説話了，彎着腰，躲在漆黑一片的餐廳裏，本傑明和派恩在最外面，他倆都很激動。南森向樓梯口那邊看了看，無論魔怪要去哪裏，都要從餐廳前的走廊經過。

「來了——」保羅又提醒了一聲。

「放他們過去，到了樓梯口我們行動。」南森拍了拍本傑明的肩膀，壓低聲音説。

本傑明點點頭，説着收起了幽靈雷達。如拿着幽靈雷達，他無法順手地進行抓捕。

第四章　愛好者

走廊盡頭有一間儲物室，儲物室的門慢慢地被推開，一個黑影閃了出來，隨即穿過走廊，向二樓樓梯那裏跑去。

「嗨——你跑不了啦——」本傑明説着就衝出了餐廳。

「咔」的一聲，海倫按下了走廊的開關，走廊裏的燈一下就亮了，燈光下，一個二十多歲的男子一臉的驚恐，這個男子是單獨的，沒有另外兩個魔怪。

「你們幹什麼——」男子背靠着牆壁，慌慌張張地説。

本傑明上去就抓住了那個男子，男子開始扭動身子，拒絕被抓，本傑明用力一拉，隨後一推，把那個男子撞到牆壁上。

「啊——」男子大叫起來，他的表情極其痛苦。他就是昨天南森他們來的時候，在酒店外喊着要幫忙抓魔怪的那個瘦瘦的人。

樓梯上，兩個魔法師也衝了下來，南森和派恩也圍上

這個輕易就被抓住的男子就是魔怪？

來。那個男子的胳膊就像是要斷掉一樣。

「有魔怪——有魔怪呀——」男子叫了起來。

「對，有魔怪，你就是——」本傑明大喊着。

南森皺着眉看着那個男子，他一副遲疑的神態。這時，保羅在男子身邊轉了兩圈。

「本傑明，他不是，他一點魔怪反應都沒有——」

「啊？」本傑明一愣，他其實也在疑惑，為什麼這個魔怪一點有威脅的反抗都沒有，撞了一下牆就慘叫起來。

「魔怪跑了——」保羅説着就向走廊盡頭跑去，「魔怪沒進來，它們跑了——」

海倫跟上去，用魔力一拉酒店西側走廊盡頭的大門，門鎖壞了，門被拉開。他們一起衝了出去，但是三個魔怪已經全部跑遠了，脱離了保羅的探測距離。

「怎麼回事，這是怎麼回事？」本傑明也跟着衝了出來，走廊的樓梯口那裏，兩個魔法師看着那個男子。

「什麼味道？血腥味？」海倫説道，她吸着鼻子。

「博士，這裏。」保羅向前跑了幾步，它發現一個倒了的塑膠桶，桶裏有血腥味的液體流了一地。

「這是血吧？」海倫把幽靈雷達上的手電筒打開，照着地面，地面上果然流淌

着紅色的血。

「不是人類的血。」保羅低頭聞了聞，「是動物的血，可能又是牛血。」

「派恩，把這裏圍起來。」南森指了指那個桶，隨後揮揮手，「我們去問問被抓住的那個人。」

「魔怪還事先派進來一個探路的嗎？真狡猾呀。」本傑明似乎是為自己辯白，因為這一切好像都是他抓了那個不是魔怪的男子造成的。

「你太激動了。」派恩對本傑明説道，「要注意識別目標。」

被抓到的男子被帶到了餐廳裏，南森要立即開始查問。那個男子一直都很驚恐。被帶到餐廳後，他坐在椅子上，努力蜷縮着身子，很是害怕的樣子。

「你怎麼會在酒店裏？你是誰？」南森直接就問，「門外的魔怪是怎麼回事？」

「別吃我呀，我再也不抓你們了。」男子擋着頭，「饒了我吧，我就是一時好奇……」

「誰要吃你，我們是魔法師。」海倫説道，她動手拍拍那個男子，「你看清楚了。」

「魔法師？」男子的身體突然就不顫抖了，他放下了手，看了看南森他們，「你們是魔法師嗎？」

「這是南森博士，從倫敦來的魔法偵探。」海倫早就發現，男子就是一個普通人，一點魔力都沒有，而且身上也沒有任何魔怪接觸痕跡。

「哈，我說呢，是同行。」男子說着就把上衣扣解開，從裏面摸出一圈套在脖子上的大蒜，同時還從腰間取下一把短劍，「我說怎麼不靈呢，原來你們不是魔怪呀，哎，這些東西帶在身上，真是不舒服呀。」

「你叫什麼？你來這裏幹什麼？」南森問。

「我叫費爾登，我是一個大魔法師，我來這裏抓魔怪，沒想到遇到同行了。」叫費爾登的男子興奮地說，「嗨，南森，我知道你是誰，我在電視上看過你的訪談，你的生意好像很不錯呀……」

「你老實點，你夜晚非法闖入酒店，什麼魔法師？我看你是來盜竊的。」派恩這時也來到了餐廳裏，他指着費爾登，「不過你更可能是魔怪派來探路的。」

「不是，我不是小偷，我是來抓魔怪的。」費爾登激動地站了起來，「你們這是貶損同行……」

杜登會長帶着其他魔法師，此時也都趕了過來，海倫用對講機告訴他們，真的魔怪已經跑了，抓到了一個「同行」。

費爾登，當地的一個魔法愛好者，感覺自己很厲害，當然僅僅是感覺，所以對格爾酒店出現魔怪的事很是興奮，幻想如果自己能抓到魔怪，那麼就可名揚天下了。所以他混在格爾酒店外那些圍觀的人中，酒店裏的人宣布魔怪事件是惡作劇時，他並不相信，因為他有個在酒店工作的表弟。他的表弟早就被嚇得跑了回家，而他問過表弟，酒店宣布魔怪事件是惡作劇後，表弟並沒有被通知去上班，所以費爾登認為酒店裏發生的血手印魔怪事件並沒有解決，酒店一定找了魔法師，故意放風説是惡作劇，然後等着抓魔怪，他完全猜對了。

費爾登以前來過格爾酒店幾次，他大概知道酒店裏的結構和布置。他決定自己潛伏酒店，搶在魔法師前，抓到魔怪，因為他自信魔怪還會前來。晚上十點，他就鑽過酒店周邊的警戒線，來到西側，破壞了一個窗戶後，從窗戶翻進酒店西側的儲物室，在那裏等了兩個小時，他要在午夜時分出來，然後去二樓等候魔怪前來。

費爾登一出儲物室，剛走到樓梯口就被抓住了。剛開始他以為被魔怪抓住了，看到南森，他才知道遇到的是魔法師，並供述了一切。

南森相信了他的話，因為他身上一絲的魔怪痕跡都沒有，完全沒有和任何魔怪接觸過，不可能是魔怪派來探路的。

「那外面那桶血是怎麼回事？」派恩指了指西側大門外。

「什麼血？我真不知道……」費爾登很是委屈地說。

南森看看費爾登，隨後把大家叫到一邊，僅留一個魔法師看着費爾登。費爾登看到這麼多魔法師，也有些心虛了，他感覺到自己可能破壞了魔法師們的計劃。

「這件事情，應該比較清楚了。」南森看了看大家，「魔怪剛才確實來了，並準備從酒店西側進來，這個費爾登正好也躲在西側的儲物室裏。他從儲物室出來，被我們抓住，魔怪在西側門外，或者已經穿牆進來，被我們的出現嚇到，逃走了，匆忙中留下了那桶牛血。魔怪就是來故伎重演的，但是意外出現的費爾登救了他們。」

「看起來是這樣的。」杜登會長點點頭，「很好的一個機會，讓這個冒牌魔法師破壞了。大蒜和銀短劍哪裏能對付魔怪呀，他可把魔法師的工作看得太輕鬆了。」

「就是有一些這樣的愛好者，沒辦法呀。」南森非常的無奈，他可是遇到過很多這樣一知半解的魔法愛好者的。

「博士，事情已經發生了，費爾登也確實不是故意幫助魔怪的。」海倫的目光透出些許無助，「那我們下一步該怎麼辦？魔怪被嚇走了，哪裏去找呀。」

「沒關係，繼續演戲。」南森突然説道。

「繼續……演戲？」海倫一愣，大家也都愣住了。

「我們剛才抓費爾登，並沒有使用魔法，現場是一片嘈雜。」南森平靜地説，「魔怪不可能在現場外留下看我們抓捕費爾登的過程，它們驚慌地連桶都丟下了，一定是匆忙逃走的，它們並不知道我們是魔法師，還以為是酒店的保安人員，甚至是房客。所以，這是一次機會，只要我們繼續演戲，它們還會來的。」

「怎麼演戲？」本傑明急着問。

「這個費爾登，犯了這樣大的錯誤，明天就讓他先住到魔法師聯合會吧。」南森説着笑了笑，「外面那桶牛血，就是費爾登前來惡作劇的證據了……」

南森説了自己的計劃，大家都很是贊同。唯一一個仍有迷惑的派恩，站在那裏思考問題，最後，他抬頭看看南森。

「博士，既然魔怪想把客人們都嚇走，那為什麼不直接跳出來驚嚇客人，為什麼要用血手印的辦法呢？」

「這個……」南森又笑了笑，「直接跳出來，就一定會引來魔法師，它們就會被全力追蹤。暗地裏用這種手段，似是而非、模棱兩可，更具神秘感，也能起到驚嚇作用。它們存有僥倖心理的，它們既想嚇走客人，也要不驚動魔法師。」

「噢，我明白了。」派恩用力地點着頭。

「明白什麼呀，提出這麼笨的問題，就是理解上有問題。」本傑明在一邊，小聲地説。

第二天一早，史特加當地的報紙和電視台、電台等媒體，就廣泛報道了有關格爾酒店發生的血手印事件被破獲的新聞：酒店的保安員已經在凌晨時分抓住了惡作劇的製造者費爾登，並且當場收繳了他用來按血手印的一桶牛血。雖然這個費爾登很是頑固，拒不承認，但是現場人贓並獲，他是無法抵賴的。

「真相大白」之後，警方把所有的警戒線都給撤了，那些圍觀的人也都離開了。酒店恢復了正常的營業，雖然受到血手印事件的影響，客人還不是很多，但是誰都相信，史特加的格爾酒店很快就會完全恢復以前的狀態。

媒體有關血手印事件被破獲的新聞，當然是南森他們授意的。費爾登在魔法師聯合會看到了報道，他表示會全力配合真正的魔法師們的計劃，起碼這兩天他要老老實實地待在魔法師聯合會裏。

南森他們仍然在酒店裏守候着。酒店方面，琳娜通知那些因為害怕跑回家的員工再繼續休息，但是因為新聞報道的原因，的確有幾個真的客人入住到了酒店裏，酒店把他們都集中了在二樓的幾個相鄰的房間，派出兩名魔法師加以保護。不過南森他們因此改變了抓捕計劃，他們準備在酒店外實施抓捕，而不是等魔怪再次進入酒店裏才抓捕。

「今天晚上它們就會來。」本傑明在酒店四樓的房間裏，來回走動着，「新聞報道發出去，酒店外的警戒線都完全撤了，只要得知相關報道，魔怪就更加肆無忌憚了。它們還會來的，還提着一桶牛血。」

「也不知道它們怎麼弄到牛血的，警方説了，周圍很少有養牛的農戶，就是有，牛也都是好好的，一隻也沒有死。」派恩説，他忽然指了指本傑明，「本傑明，你不要總是在我眼前晃來晃去，我頭暈。」

「這是城市呀，哪裏有農戶。」本傑明這次居然順從地坐了在椅子上，「不管哪裏弄來的牛血，這次我們一定要把它們抓住，而且這次不會再有什麼魔法愛好者來搗亂了。」

「報道都確定是惡作劇了，那些圍觀的人都走了。」海倫説，「不會再有誰進來了吧。」

「那也要防範。」本傑明説道，他走到窗邊，看了看窗下，「博士還沒上來，都看了幾遍地形了……」

第五章　樓頂之戰

南森在杜登會長和埃里克的陪同下，一直在酒店周邊走動，保羅也跟着南森，他們一起研究在哪裏實施抓捕比較合適。酒店西側那裏緊靠着一片樹林，便於魔怪逃走，所以這裏最不適宜抓捕，酒店北面不遠處就是一個公園，公園裏也都是樹，也不便於抓捕。而酒店的南面和東面，都是開闊地，魔怪無處藏身，所以南森他們決定，儘量在這兩個地方實施抓捕，一旦魔怪出現在酒店的西側和北面，要安排人手盡力把它們往東側和南面趕。

下午的時候，南森又帶着小助手們去最後確定了一下抓捕地點。南森自己也感覺到，魔怪當晚就會再次前來，這次除了在酒店裏保護客人的兩個魔法師外，其餘的魔法師全部都要布置在外面，這樣能最大程度地保護酒店裏那些不會魔法的普通人的安全，但是實施抓捕難度也就相應地高了很多。小助手們則都是摩拳擦掌的，他們都非常有信心。

白天很快就過去了，夜色再次降臨大地。入夜後，在酒店四樓房間守候的南森他們隨着時間向午夜時分的推進，越來越警惕。埃里克也在他們的房間裏，其餘的魔法師，則在杜登會長的帶領下，守候在酒店的二樓，魔怪如果到來，他們將立即出擊，先圍住魔怪，再將它們擒獲。

「……以前抓住過一些魔怪，它們弄到那種使用電池的電視機或者收音機，都能及時掌握資訊。」本傑明又在屋子裏來回走動着，他有些興奮，「很多魔怪原本就是人類，掌握人類技術的能力可不低，所以我覺得魔怪今晚一定會來的，它們不是看了電視就是聽了電台廣播。」

「我也不否認，但是它們也可能有事耽擱一、兩天，我們要有耐心。」派恩其實更加興奮，他不停地抖着腿，「你看，我、我就不緊……張……」

「看起來你比誰都緊張。」保羅在派恩身前，仰着脖子看着他說。

「哈，保羅真是實話實說。」本傑明說着對保羅豎起了大拇指。

「有什麼好緊張的？」海倫在一邊，倒是和南森一樣平靜，「又不是第一次抓魔怪。」

「這次有三個。」派恩比畫了一下，「看起來不是那麼好對付。」

「保羅，昨天你說通過魔怪反應分析，一個魔怪是正常的人形，另外兩個疑似是鳥類形狀？」埃里克問道，

「那個目擊者倒確實看到有個鳥頭從魔怪的雲團裏露出來。」

「比較模糊，大概是個鳥形，有鴨子那麼大，或者更大一些。」保羅説道，「沒關係，如果魔怪再來，我們就能看到了。」

「不管是什麼魔怪，反正是三個。」派恩繼續抖着腿，「我就是擔心魔怪跑了，現在要去盡情地抓魔怪了，要是能把他們堵在走廊裏，那才萬無一失……」

「派恩的擔心……」保羅緩了緩，好像在想什麼，「有點道理啊，我判斷魔怪今晚回來的概率在百分之九十五以上，被我們抓住的概率，在百分之五十左右，這是我最新統計的結果。」

「如果沒抓住，來了等於沒來，反正都跑了。」派恩略帶猶豫地説，「這個概率統計可不算高呀。」

南森一直坐在桌子前，專注地看着電腦，你絕對看不出他任何的情緒起伏，他就像居家一樣，就像什麼事都沒有發生一樣，這種平靜發自於內心。南森一直説處驚不亂才能有效地制定出應對方案和從容地實施。小助手們一直在歷練這個心態，但是除了海倫有些成效，本傑明和派恩總是改不了心浮且急躁的表現，南森説只有用時間去修磨好心態。

午夜很快到了，本傑明和派恩的眼睛一直盯着幽靈雷達，保羅已經跳到窗台上。不過和昨天不一樣，魔怪在這個時間沒有到來，過了一個多小時，魔怪還是沒有來。

「難道它們沒看報紙？或者沒看電視？」本傑明的眼睛一直盯着幽靈雷達的熒幕，儘管它都設置了聲音警報，「今天不來了嗎？」

「也許……有什麼事耽擱了……」派恩很是不甘心地說。

「耐心等待。」南森突然說，整個晚上，他一直沒怎麼說話。

房間裏的燈已經全都熄了，製造出無人或者是有人但是已經休息的樣子。又過了一個多小時，魔怪還是沒來。

「明天吧……」派恩伸了一個懶腰，「今天算是沒希望了。」

「噢，我的判斷居然不準。」保羅從窗台上跳了下來，剛落地，他又跳了上去，「不，我的判斷很準，八百米外，西面，魔怪來了——」

保羅的話像是晴天裏的一個響雷一樣，大家都站了起來，南森在黑暗中走到窗邊，向外微微拉開一點窗簾。

窗外，有淡淡的月光，大地安靜，一絲風都沒有。

「海倫，通知杜登會長。」南森鬆開手，窗簾完全垂了下來，「老伙計，隨時報送它們的前進方式，看看我們在哪裏設伏。」

「博士，它們這次是飄過來的。」保羅説道，「它們距離地面有三十多米高，它們不是從地面上來的，它們應該還是踩着雲團來的。」

「啊？」南森這下也有些吃驚，如果不是打鬥或者逃逸，除非有翼魔怪，很少在空中行走，因為這樣非常消耗魔力，「它們中有兩個鳥類，但有一個是人類外形呀……」

「博士，我們怎麼布防？」海倫急着問道。

「你立即通知杜登會長，讓他們到酒店北面的公園裏集結。」南森很堅決地説，「我們去四樓的樓頂，這樣空中和地面都有我們的人了。」

大家立即衝出了房間，走廊的盡頭，有一條消防通道直通樓頂，這個酒店內部的結構，南森他們早就掌握並實地考察過了。他們快速來到樓頂上，保羅一邊跑，一邊報告了魔怪最新的動向——它們距離酒店五百米了，高度保持在三十多米的空中。

樓頂之上，有鍋爐的排煙塔，還有幾個大型的空調室外機。大家立即依靠排煙塔和空調室外機為掩護，躲在後面，看着北面。

「博士，距離我們四百米了。」保羅跟在南森身邊，説道。

「博士，我也測出魔怪了。」海倫拿着幽靈雷達，小聲地説。

「既然飄過來，從四樓頂這裏下到下面的可能性最大。」南森對大家説，「正好，就在這個樓頂上解決它們。」

「如果它們會飛行，我們有點難對付。」埃里克有些憂心地説，「我們的飛行能力肯定不如地面能力。」

「爭取在樓頂這裏解決。」南森説，「在這裏等於我們踩着地面。」

北面，一個黑乎乎的氣團飄了過來，月光照射了在這個氣團上，讓南森他們看清了一些。從遠處看，這個氣團就是一朵烏雲，但是比天上的烏雲要小很多，而且移動速度比較快。

正如南森判斷的，氣團直接向四樓的樓頂飄了過來，魔怪果真要降落在樓頂上，南森他們不再伸出頭觀察，而是全部憑藉幽靈雷達斷定方位。那股氣團直接飄向樓頂，有個腦袋露在氣團上部，身子被霧氣籠罩着，氣團還傳來聲音，聲音不大，但還是能聽見。

「坦坦，全怪你，昨天提着桶逃跑怎麼了？嚇成那樣，把桶都丟了，我們還得去弄一桶新的……」

「你不驚慌嗎？你第一個跑的……」

「你們兩個，不要那麼大聲，被聽見怎麼辦？快點幹活，把這裏的人都嚇走。」

「誰會在樓頂呀……」

氣團落了在樓頂上，霧氣隨即完全散盡，一個人形的魔怪帶着一隻鵝和一隻鴨子，站了在樓頂上。鴨子提着一個塑膠桶。它們全部説德語，南森和小助手們能聽懂德語，基礎對話也沒問題。

人形魔怪揮揮手，它們向通道口走去。

「嗖——」的一聲，南森快步移動過去，擋在了通道口前。

魔怪和那隻鵝和那隻鴨子，全都愣住了。保羅探測出來，鵝和鴨子也是魔怪，它們身上有強烈的魔怪反應。

埃里克隨即站在了南森身邊，那隻鵝轉身就想跑，它們的身後，出現了海倫，他們的兩側，出現了本傑明和派恩。

「又要去在門上拍血手印嗎？」南森冷冷地問道，「你們有這種愛好？」

魔怪很是驚慌，南森看清了它的臉，它的外表和人類無異，這個魔怪大約有六十歲，穿着一身近代的將軍服，

衣服上掛着幾枚勳章，它還帶着一條綬帶，腳穿馬靴，看上去倒是很威武的樣子。不過它的胸前和後背各有一個圓洞，圓洞還淌着血跡，好像一個中彈的人在那裏站着一樣。

鵝和鴨子外形也都是普通的樣子，那隻鴨子提着的桶一下就掉了在地上，血水從桶裏流了出來。

「你、你們是魔法師？」魔怪遲疑地問。

「不要多囉嗦了。」本傑明説着就向那個魔怪拋出一條捆妖繩。

「他們就是魔法師——」魔怪大喊一聲，它伸出手臂，捆妖繩打在了它的手臂上。沒等捆妖繩纏繞，魔怪順勢一拉，然後又是一甩，捆妖繩飛了出去，落下了樓。

「哇——跑呀——將軍，你的雲彩——」鴨子大喊起來。

兩枚凝固氣流彈已經飛來，全部都是飛向魔怪的，那個魔怪雙手彈開了氣流彈，氣流彈飛出去幾米後爆炸，現場一片滾滾氣浪。

魔怪的身體從氣浪中顯現出來，它居然沒有被炸倒，只是在那裏被煙氣嗆得大聲地咳嗽，鵝和鴨子也是一樣。

保羅縱身一躍，撲了上去，對着魔怪的腿就狠狠地咬下去，魔怪叫了一聲，猛地一踢，保羅被踢得飛了出去。

他落地的地方正好是倒下的塑膠桶那裏，保羅的身上頓時沾滿了血，他站了起來，但又撞到了桶上，血水把他的身體都給覆蓋住了。

南森飛身過去，揮拳就打，魔怪用手一擋，南森的手不但被擋開，身體向後也退了兩步，這個魔怪的力氣極大。那邊，海倫飛身一腳，踢在了魔怪的後背上，魔怪的身體向前一傾斜，但是隨即站穩，回手就打向海倫，海倫躲閃不及，肩膀被打中，她大叫一聲，倒在地上。

那隻鵝和那隻鴨子，晃着身體，搧動着翅膀，和本傑明和派恩打在了一起，看上去有些笨的這兩個魔怪，身手

倒很厲害，它們很快就阻擋住了本傑明和派恩的攻擊，還伺機反擊。

埃里克的身體高高躍起，一腳踢向魔怪，魔怪的雙手向外一推，埃里克飛了出去，他飛出去好幾米遠，落了在樓頂邊，差點掉下去。

「千噸鐵臂——」南森先是主動後退一步，隨後唸了句口訣，他的雙臂頓時變得堅硬如鋼鐵，他掄起了手臂，砸向了魔怪。

魔怪一點也不躲閃，它伸手應了上去，只聽「噹——」的一聲，魔怪的手臂和南森手臂撞在一起，發出強烈的聲音，魔怪這下感到了南森的厲害，它的手臂被彈了回去，它痛苦地叫了起來，這下它的手臂遭到了重創。

樓下，杜登會長等魔法師，已經開始跑向酒店，他們從遠處就能看到樓頂之上的打鬥。

埃里克向魔怪射出兩道閃電，一道射偏，一道正好命中了魔怪的腰部，魔怪慘叫一聲，手捂着腰部，表情痛苦。那邊用翅膀當手的鵝和鴨子，邊打邊退，它們也抵抗不住本傑明和派恩的猛烈進攻了。

「將軍——雲彩——」那隻鵝大叫着，隨即用翅膀擋開了本傑明踢過來的一腳。

「大地震動——」魔怪被鵝稱作將軍，它強忍着傷痛，忽然蹲下，雙手猛地拍擊樓頂，它拍下來的手，帶着一股強烈的風聲。

「轟——」的一聲，樓頂就像是要塌了一樣，整個酒店大樓都是一震，正在沿着樓梯上樓的杜登會長他們差點沒站住，紛紛扶着樓梯欄杆。

南森他們這邊，海倫被震得倒在了地上，派恩扶住了一台空調機。南森被震得倒退幾步，勉強站住；埃里克和本傑明相互扶住，差點也摔在地上。

三個魔怪快速聚集在了一起，被叫做將軍的魔怪手指着地面，又是一聲大喊。

「雲彩快來——」

只見一股雲團急速形成，並且把三個魔怪包裹了在一起。隨即，雲彩快速升空，雲團中，將軍魔怪得意地看着南森他們，此時只有他的頭露在外面，那隻鵝和鴨子跳躍着，伸頭看着外面。

「不能跑——」本傑明縱身一躍，身體飛起來十幾米，他的手幾乎碰到了雲團了，但是再向上的力氣沒有了，他畫了一個弧線，開始下墜。

本傑明的身體已經飛出了樓頂，他下墜的方向就是地面，本傑明有些慌了。

「輕輕的本傑明輕輕地飄——」南森連忙用手一指本

傑明，唸出一句魔法口訣。

本傑明的身體像是被什麼托住一樣，從急速的下墜變成了極緩慢的飄落。

這邊，海倫向雲團射出兩枚凝固氣流彈，氣流彈在雲團附近爆炸，沒有炸開雲團，雲團越飛越遠了。

「保羅——追妖導彈——」海倫大叫起來。

「我、我……」保羅一直在清理身上乾涸的血液，聽到海倫的喊聲，他才衝到樓頂邊，看着遠去的雲團，他努力地打開發射架，但是怎麼也打不開，「蓋板都黏黏住了，打不開——」

派恩飛跑過去，用力去掀蓋板，但是保羅後背被血液覆蓋，血液乾涸後，全都黏成一片。派恩好不容易掀開了蓋板，發射架彈了出來，但是保羅並沒有發射。

「跑遠了，失去目標了。」保羅很是懊惱地說。

第六章　琳娜的族譜

杜登會長帶着魔法師們，衝到了樓頂上，看到這一切，全都明白什麼了。

南森望着雲團遠去的方向，他一直站在那裏，大家也不敢靠前。本傑明飄落到地上後，又跑上了樓頂。

三個魔怪跑遠了，不知所終，一陣風吹過樓頂，海倫感到風有些涼。

「這夥魔怪有特別的飛行能力，我們事先考慮不周。」南森終於轉過身來，他看着大家，「不過大家也不要灰心，我們一定會抓到它們的。」

「它們不會再來了吧？它們這次知道上當了，有魔法師在抓它們。」埃里克問道。

「不會再來了，不管它們對這個酒店有何目的，不會也不敢再來了。」南森點點頭，「這裏可以恢復營業了，史特加魔法師聯合會的魔法師們也可以撤了，當然我們還是要做必要的防範，但是在這個酒店裏抓到魔怪的可能性沒有了。」

「那我們怎麼辦？」派恩憂鬱地問，「到哪裏去找它們呀？」

「它們也不會跑很遠，它們就在附近。」南森説着望着遠處的森林，隨後又看看大家，「剛才交戰，你們都看清那個人形魔怪的臉了吧？」

「看清了，看清了。」本傑明説，「有月光照射，加上我們魔法師都有過夜間觀察訓練，完全看清了。它好像是一個曾中彈的將軍呢，我看到它穿着軍服，有勳章……啊，身上還有彈孔呢，生前是個將軍，現在變成了魔怪。」

「十九世紀初，史特加地區符騰堡王國的將軍制服，它是一個中彈死去的將軍，現在是一個鬼將軍。」南森緩緩地説，「再過一會我們去見一個人，那個鬼將軍和這個人以及這個酒店，應該都有淵源……」

幾小時後，南森和幾個小助手，全都等在四樓的辦公區門口，他們是算着時間來的，他們剛到沒幾分鐘，電梯門就打開了，琳娜總經理提着一個包前來上班了。

「噢，南森先生，剛才聽到樓下前台的人説，你們昨晚又沒有抓到魔怪，你們打不過它們，讓它們跑了，是這樣嗎？」琳娜看到南森，連珠炮一樣地説，「怎麼會這樣？不是都包圍它們了嗎？你們的人可不少，難道要我來幫你們嗎……」

南森他們全都看着琳娜，每一個人都很認真，海倫和本傑明相互間還點了點頭。

「嗨，為什麼這樣看着我？我和以前有什麼不一樣嗎？」琳娜疑惑地說，「你們這是怎麼了？」

「琳娜總經理，其實我們有事要向你請教的。」南森淡淡一笑。

「那就進來吧。」琳娜說着打開了辦公室門，「聽說這裏真的要全面恢復營業了？你們不怕那傢伙再來嗎……」

大家跟着琳娜，進到了她的辦公室裏。她的辦公室很大，有兩個大沙發，整體布置得很是古典。

「什麼事呀？」琳娜說着就坐了在辦公桌後，那樣子有點像是總經理向下屬訓話。

「琳娜總經理，我聽海倫和本傑明說，你曾經有個祖先是這個城堡的主人，當然，這個城堡現在被改裝成了酒店。」南森問道。

「是的，那天在電梯旁說的。」琳娜說着看看海倫和本傑明，「我有個祖先，叫沃納海姆，十九世紀初的時候是這個古堡的主人。」

「其實……」南森頓了頓，「那天海倫和本傑明回來，隨口說着這件事，我沒有太在意。不過，幾小時前在樓頂上，我們和那個魔怪交手，我發現……那個魔怪的相貌，和你很相似，而且穿的是十九世紀初這個地區的將軍服，嚴格説，是驃騎兵的少將軍服。」

「啊？」琳娜長大了嘴巴，愣在了那裏，將近半分鐘後，她才反應了過來，「你們是説我和它有什麼聯繫嗎？它真是我的祖先？」

「這個要調查。」南森説道，「你剛才説的這個沃納海姆，我們怎麼查不到？當然，這僅僅是一個地區性的小古堡，這樣的城堡在當年的德國有幾百上千個，不可能每一個都詳細編入歷史，所以我們想知道你的訊息來源。」

「當然查不到了，這是我家的事。」琳娜飛快地説，「我的族譜裏記載了這些，這都是我家的私事，我的二哥對我們家族歷史很感興趣，我們家也有一個家族譜牒一代代往下傳，我知道的不多，族譜在我二哥那裏。」

「這份族譜我們可以看看嗎？」南森連忙問，「這對這個案件來説非常重要。」

「當然可以，這個就是給人看的，不過沒什麼人看，沒什麼人對別人家族歷史感興趣的。」琳娜説，「他就在城北住，我打個電話，他一會就能送過來。」

琳娜給她的二哥打了電話，半個小時後，琳娜的二哥就把家族譜牒送來了，南森他們驚奇地發現，琳娜的這個二哥，模樣居然和凌晨看到的那個魔怪更像。

琳娜家的族譜顯示，這是一個非常古老的家族，能追溯到的最早源頭是十二世紀。南森他們最為關注的，當然是有關沃納海姆的事，他真的是一個將軍，他是當時史特加地區的符騰堡王國的一位貴族少將，統率一個驃騎兵

琳娜兩兄妹跟魔怪將軍有關係嗎？

團，作戰非常勇敢，身先士卒。1814年初，在符騰堡王國軍隊攻入法國和法軍交戰的時候，眼看勝利在望，但被身後的己方的士兵誤傷身亡，死後埋葬了在法國。他生前的家，就是酒店所在的城堡，當時稱作沃納海姆城堡。算起來，琳娜總經理是他的第八代孫女。

「如果從這個族譜的記錄看，現在可以斷定，沃納海姆就是那個魔怪了，不僅僅是因為他和琳娜兄妹長得像。」南森把那本族譜放在桌子上，他們是在酒店裏的那個套房裏研究這個族譜的。此時，杜登會長他們已經撤回了魔法師聯合會，埃里克還在，「沃納海姆是驃騎兵團的將軍，我們看到的那身軍服，就是驃騎兵的，這完全對得上。不過，這還不是最重要的……」

「什麼是最重要的？」本傑明連忙問。

「魔怪將軍服上的彈孔，這是最為直接的證據。」南森說着，從電腦裏查閱出一張古代油畫，畫面是幾個軍人在作戰，「這是十八、十九世紀驃騎兵軍團的畫像，驃騎兵士兵，使用的是步槍，族譜上說沃納海姆是被己方士兵誤傷的，也就是說被己方士兵用槍擊中。我們判斷槍擊的進口和出口，是根據傷口的大小決定的，槍擊傷口，進口小，出口大，而我親眼看到，沃納海姆後背上的傷口很小，但是胸前的傷口很大，這也就符合了他是被身後士兵

射擊而亡的記載。當然，這是一次誤傷。」

「那就完全能確定沃納海姆就是那個魔怪了。」埃里克有些激動地說，「博士，真不愧為大偵探，這個證據推斷很縝密，環環相扣，是一條完整的證據鏈。」

「既然沃納海姆是被從身後誤傷而亡的，而且當時他們勝利在望，那這個沃納海姆真是冤呀，他怎麼也沒想到自己會是這樣的一個結局。」海倫想了想，點着頭說，「博士，這個沃納海姆變成魔怪的原因也有了。」

「海倫判斷得對。」南森環視着大家，「生前有怨恨，含冤而死的人，死後極易變成魔怪，而且冤屈越大，這種可能性也就越大。這個沃納海姆的冤屈，不是通常意義上的那種冤屈，但是效果是一樣的，他也是帶着極大的絕望和憤懣離世的，甚至比一般的冤屈還要厲害。這樣，他在死後，就變成了魔怪，也離開了在法國的墓地，回到了自己的家鄉。」

「現在它來搶奪這個生前的家了，它要把這裏的人都趕走，血手印就是它拍上去嚇走別人的。」本傑明飛快地說。

「應該就是這個目的。」南森點點頭。

「那還有鵝和鴨子呢？」派恩問道，「它們也是魔怪，沃納海姆怎麼會帶着這樣兩個魔怪的？」

「這個就很難回答了，我也不知道。」南森輕輕地搖了搖頭，「如果説，沃納海姆帶着兩個士兵，我倒是覺得很正常，但是一隻鵝和一隻鴨子，好像它倆還叫沃納海姆『將軍』，真是搞不懂呀。」

「無論如何，博士，我們現在是弄清楚了魔怪的真實身分了，它是一個真正的……」海倫想了想説道，「鬼將軍。」

「沒錯，史特加的鬼將軍。」南森説道，「下一步，要看看怎麼找到它了。」

「坐着那朵雲彩，不知道飛到哪裏去了。」本傑明很是有些無奈，「這個鬼將軍倒是掌握這種魔法，這可是不多見呀。」

「我覺得，它們也不會跑很遠，只不過是擺脱我們的監控了。」南森説着打開桌子上的史特加地區的地圖，看了看，「美麗的史特加，三面環山，魔怪能藏到哪裏去呢？」

南森像是自言自語。小助手們也都明白，這樣的一片區域，魔怪藏起來是很輕鬆的，這裏有太多適合魔怪藏身的地方。

第七章　研討會

南森叫大家都想一想，之後應該怎樣找到魔怪。隨後，他和埃里克就帶着保羅出去了，説是去周邊看一看，埃里克向他介紹一下史特加的具體的地形地貌。

海倫他們留在酒店裏，絞盡腦汁地開始想辦法，想出來的辦法也都比較奇特，他們説出了自己的想法，隨後又相互否定着，甚至相互指責別人的想法幼稚可笑。

南森他們出去了小半天才回來。一進門，保羅就興奮地跑向海倫他們。

「我猜你們什麼辦法都沒有想到，對吧？」

「我猜你沒有把魔怪抓到，對吧？」派恩説，「老保羅，想到一個好辦法，需要時間。」

「可是博士已經想出來了。」保羅搖頭晃腦地説，「一個非常好的辦法。」

小助手們立即站起來，圍住了南森，詢問南森有什麼好辦法。南森微微地笑着，走到了桌子旁。

「這個辦法要我們繼續演戲。」南森坐下，不緊不慢地説，「在報紙和電視台發消息，把它給騙來。」

「還要演戲？它不會上當了，它無論如何不會再到這裏來了。」本傑明擺着手，「博士也這樣說。」

「要是繼續以前的做法，那一定不行。」埃里克神秘地笑了笑，「它可不會那麼笨，一再上當，但是這次博士找到了另外一個方向，你們意想不到的方向。」

「博士，快告訴他們。」保羅着急地催促道。

「這個沃納海姆，史特加的鬼將軍，這個城堡酒店曾經的主人，看上去是完全掌握了人類的資訊的。」南森説道，「我們利用報紙和電視台、電台發布消息，説這裏的魔怪事件就是惡作劇，引它前來，他能立即得知，前來製造新的恐嚇事件，就是證明。不過我們的確不能在這個方向出手了，我想了一個辦法，這多虧了琳娜總經理家那本族譜，我想這次我們裝扮成『史學界』人士，召開一個十九世紀符騰堡王國驃騎兵興衰史的研討會，這研討會要在別的地方開，其中一場討論主題，就是『沃納海姆為何後背中槍，他是否逃跑將軍？』，我想這樣的報道出來後，它一定會極為關注，它會前來看看後人對自己的評價，它絕對有這個好奇心，如果有人在研討會上説幾句對它不尊重的話，例如發現它可能是逃跑被射殺的，那麼它很有可能大鬧會場呢。」

「好辦法，魔怪不會想到我們從這方面入手，它要是來了，正好抓住它。」派恩興奮地說。

「不行。」南森搖了搖頭，派恩則愣住了，「這個魔怪，有超常的飛行能力，我們實施抓捕，極有可能和這次一樣，因為我們自己的飛行能力有限。而且如果在某個會議廳開研討會，勢必有普通人在會場或者會場附近，那麼一旦發生打鬥，或者使用追妖導彈攻擊，都有可能威脅到他們的安全。所以我們不動手，看着它來，看着它走，四面布置好很多隱蔽起來的幽靈雷達，就能判定它老巢的方位。這樣，我們去山中或者密林抓捕，就能放開手腳了。」

「博士，布置眾多的幽靈雷達？」海倫有些不解地問，「怎麼布置？有多少？」

「起碼要五十台。」南森解釋說，「先找一個會場，然後在它可能到來的路徑上，一路鋪設幽靈雷達，這樣它的行蹤就能被我們勾畫出來，找到它的老巢就不難了。」

「那接下來，我們就要先去找個會場了，還要找幽靈雷達。」海倫點着頭說，她理解了南森的意思。

「埃里克先生會聯繫德國各地的魔法師聯合會，兩天內就能湊齊，我們這兩天，要在史特加找一個會場，不宜在市中心，但是也不能太偏遠……」南森說着又攤開了史特加地區的地圖。

接下來，大家開始了分工。埃里克去各個魔法師聯合會借幽靈雷達，南森帶着幾個小助手，開始在史特加找會場。因為魔怪兩次都是從西面前來酒店的，所以南森判斷魔怪藏身在史特加地區的西面的可能性最大，那裏的確也是史特加地區山林最多的地方。

經過一天的努力，他們在史特加西面的博特蘭市民圖書館，找到了一個會議廳，這裏位置很好，避開了市中心人口密集區。南森他們在這個圖書館反覆勘驗地形，選出了從這裏通向城市西側山林地區的七條不同的路徑，未來在這七條路徑上，每一條都要隔一公里就安放一台幽靈雷達，這些幽靈雷達匯總起來，基本上覆蓋了這一片區域，這樣一來，如果魔怪出現在這個區域，那麼它的行蹤一定就會被完全鎖定。

找到會場後，史特加警方就幫忙聯繫了圖書館，南森他們特別查看了天氣預報，這個研討會要在一個陰天召開，否則白日陽光普照，魔怪有可能畏懼陽光而不敢前來。圖書館方面大力配合，提供了會場，警方負責布置現場，一個由「德國歷史研究學會」主辦的「研討會」的會場，很快就搭建了起來。

埃里克那邊，借調幽靈雷達的工作也進展順利，他在兩天內就借到了六十台幽靈雷達，比預設的還要多十台，南森説借來的越多越好，數量多覆蓋範圍就大，定位魔怪巢穴就更加精準。

幽靈雷達借來後，在警方的協助下，南森他們將這六十台雷達，巧妙地布置在了七條路徑上，這七條路徑，分別以A、B、C、D、E、F、G字母代表。研討會設定在三天後的15日召開，所有雷達電池充足，能持續工作五天不用充電。

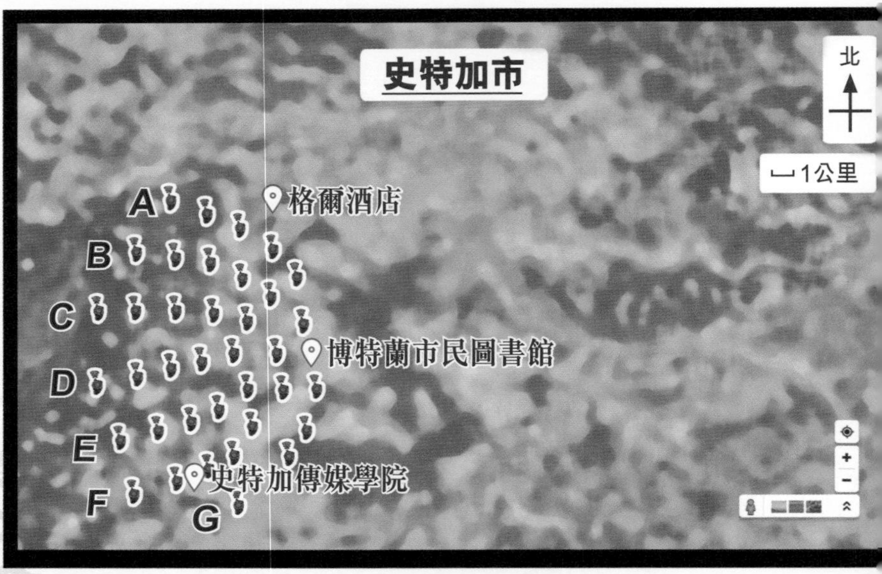

圖書館的會議廳裏，布置成了類似放映廳的樣子，會議廳有一塊熒幕，演講者可以把投影片放映在上面。熒幕對着的，是一共五排的座椅，這個「研討會」的規模不

小，有五十多人參加，當然，與會者大都是魔法師裝扮的「學者」。那天在樓頂交手，除了埃里克，魔怪沒有和史特加魔法師聯合會的魔法師們見面，所以這些魔法師還都能前來「參加會議」，另外的「學者」和「工作人員」，則是由警察裝扮的。

「下一步就是報紙和電視報道了。」南森看着熒幕上方的橫條幅。上面寫着「十九世紀符騰堡王國驃騎兵興衰史研討會」的字句，「這是一場純學術的研討會，所以不能搞得和影視歌星新聞那樣鋪天蓋地。如果這樣報道，那魔怪可能就會覺察出什麼了，所以這樣的報道一定要略低調，報紙要在不顯眼的位置，電視台報道也要放在新聞節目的後面。」

「那要是魔怪看不見怎麼辦？」海倫有些疑慮地說。

「電視台可以增加播出次數，加大讓它看到的機率。」南森説，「報紙報道方面，可以在多家報紙上發布消息，每次報道的內容不要完全一致，要有一定變化，但是要圍繞着驃騎兵歷史這個主題進行，沃納海姆這個驃騎兵將軍，對此一定感興趣。更為關鍵的是，要把研討會的重要內容——『沃納海姆是否逃跑才後背中槍？』這個主題播報出去，這樣才能刺激它，讓它一定前來。」

「這事關乎它的榮譽，它一定會來，如果真有人説它幾句不好的話，被它聽到，或者感覺不舒服，真可能大鬧會場的，到時候這裏就可能無法避免地變成抓捕現場了。」海倫看着四下的環境，說道。

「儘量不要這樣，我們只要確保它來就行。我們盡力讓它感到舒適。」南森指了指牆壁，「那邊有圖書閱覽室，會有讀者的，所以這裏不能有任何的交戰，我們也要隱蔽起來，不能讓它發現。」

「它會怎麼進來呢？」保羅說着跑到門口的位置，回頭看看南森他們，「化妝成一個參加會議的人？它倒是可以，可是它那隻鵝和鴨子呢？它們能變化成人的樣子嗎？」

「這個還不知道，看它們魔力大小了。」南森說，「也有可能會藏身到附近，這個大會議廳，魔怪有魔法，在樓頂和牆外都能聽到裏面的聲音。」

史特加的三家電視台當晚就在本地新聞播報節目中播出了「十九世紀符騰堡王國驃騎兵興衰史研討會」即將在博特蘭圖書館會議廳召開的新聞，這是德國史學界每年的一次重要會議，與會的都是歷史學家、大學教授。第二天，幾家報紙也刊發了類似新聞，按照南森的要求，這些新聞都刊登在不顯著的版面上，報道文字也不長。

「如果僅報道一天，魔怪可能看不見。」酒店裏，南森拿着新出版的《史特加星報》，桌子上放着一張《南德新聞報》，「連續出版、播報幾天，只要它看到一次，就一定會來。」

第八章　溢美之詞

接下來的兩天，電視台、報紙、電台廣播，還有網絡報道，都不那麼密集地發布了這個研討會的消息。看上不密集，但是綜合起來，這個報道量並不算少。

「研討會」召開那天，天的確是陰沉的，南森帶着小助手們早早就去了圖書館，因為他們都和魔怪交過手，所以不能出現在會場裏，他們在會議廳隔壁的一間房間裏隱蔽起來。

研討會召開是十點，參加討論人員則是九點半入場，現場有幾個魔法師和警察扮做工作人員，已經在安裝、調試話筒，準備分發資料，一切都像是真的一樣。要分發的資料，是一本《古代歐洲騎兵》的史學著作，埃里克一次就買來五十本，當做資料，再合適不過了。

南森他們到了那個小房間後，保羅就開始調試設備，它的系統已經連接了在外面布置好的所有幽靈雷達。從圖書館開始，一共有七條通向史特加西面山中的道路，南森判斷那個魔怪一定會從其中一條過來，所有在通道上隱藏起來的幽靈雷達都處於完好的工作狀態中，如果魔怪過來，這些幽靈雷達將以接力傳遞的方式畫出魔怪的行動軌跡，根據這個軌跡，就能找到魔怪的老巢去。

埃里克在房間裏用對講機，調度着會場裏的那幾個魔法師，一切都很正常，魔怪尚未出現。會場裏還有一些警察，他們並不會魔法，所以在會場裏進行對魔怪的抓捕並不合適。這樣一個「大型學術會議」，南森他們幾天內就找來幾十名魔法師參加的難度很大，只能請警察幫忙。

杜登會長在九點半剛過，就到達了會場，此時他裝扮為一個大學教授，手裏拿着講演稿，有關沃納海姆是否逃跑才後背中槍的議題，就是由他主講，從外表看，他的確很像是一位教授。

學者和教授們開始紛紛入場了，會議廳內外，變得忙碌起來，魔法師們和警察們都努力地扮演着自己的角色，有幾個魔法師進到會場裏後，聚在一起，認真地「討論」起研究課題來，一切都像是一場真正的學術會議。

「赫曼，十點準時封閉會場，然後你來主持研討會。」埃里克手裏拿着一個對講機，説道。

「明白，現在還有十分鐘。」赫曼的聲音從對講機裏傳了出來。

「赫曼是我們的一個魔法師，今天他來扮演主持人。」埃里克關閉了對講機，把頭湊向南森，小聲地説。

十九世紀符騰堡王國
驃騎兵興衰史研討會

「很好，叫大家都沉住氣。」南森點了點頭。

「博士，那個人很警覺，四處看，一看就是個在查看魔怪的魔法師。」派恩已經開啟了透視眼，其他人也是，他們都能用透視眼看到會場裏的情況。

的確，有一個參加會議的「學者」，坐在第一排靠邊的座位上，四下打量着，眼神很是警覺。

「噢，確實是這樣。」南森説着指着那個人，把頭湊向埃里克，「通知赫曼先生，那位先生過於警覺了，今天沒有抓魔怪的任務，要他放鬆一下。」

「赫曼，赫曼……」埃里克舉起對講機，「第一排左手邊靠牆壁的那位同事，讓他放輕鬆一些，不要那麼緊張。」

「明白。」赫曼的聲音傳來。

只見赫曼走了過去，來到那位魔法師身邊，低頭説了幾句，那個魔法師略有些尷尬地笑了笑，連忙放鬆下來，低頭看手上的資料。

要求每人都像是開學術研討會的樣子，就是怕躲在暗處的魔怪看出破綻，那樣這場研討會就白安排了，一定會引起魔怪的懷疑。

會場裏的人越做越多，再有五分鐘就到十點了。這時，保羅突然跳到了窗台上，隨後從窗台上跳下來，跑到南森身邊。

「F路徑，第一台幽靈雷達已經捕捉到了魔怪信號，就是它們，它們三個在地面上前進了，方向就是我們這邊。現在距離我們有九公里。」

沃納海姆果然來了，保羅的話讓大家都興奮起來。埃里克立即通知了會場裏的赫曼和杜登會長，南森叫保羅隨時通報沃納海姆的前進路線。

會場裏，所有的人基本都就座，第一個主講人已經坐到了講台後，赫曼則站在大門口，門口有兩個「工作人員」。

「啊呀，它們飛起來了。」保羅連通着那些幽靈雷達，即時掌控着沃納海姆它們的前進路線，「它們走了不到兩公里，突然起飛了，估計又踩着雲朵前來了。」

南森的手上，拿着一張地圖，根據保羅的描述，他用鉛筆勾勒着魔怪的前進路線。

「是在史特加傳媒學院的位置起飛的嗎？」南森問道。

「就是那裏，距離傳媒學院不到三百米。」保羅回答說。

「到了那裏，就要進入城區了，所以它們起飛了。」南森點了點頭，並在地圖上標記着，「這之前的路都可以在密林中前進。」

「飛行速度真快呀，距離地面三百多米。」保羅鎖定了沃納海姆它們，「它們選擇直飛過來，基本上就是沿着F路徑前進的，看來它們害怕遲到呀。」

「赫曼，準時召開會議，魔怪即將趕到。」埃里克用對講機通知説道。

會議大廳裏，所有的與會者都已經坐好，門口的工作人員也關閉了大門，赫曼站在演講台旁，看着會場。

沃納海姆它們極速地飛來，海倫他們自帶的幽靈雷達都已經能搜索到它們的魔怪信號了。

「好像它們要在上面着陸。」海倫在南森身邊，指了指頭頂。

「視覺阻攔層——」南森説着，手指着天花板，唸了一句魔法口訣。

一道白霧升起，隨即懸浮在了天花板上，天花板被這層白霧遮蓋住，形成了一個屏障，如果魔怪在屋頂上用透視眼向下看，無意中看到這個房間，那麼它們看到的就會是一個普通的無人房間。

「如果它們不展開攻擊，那麼我們也不出手。」南森小聲對海倫他們説。

一團灰雲從天而降，落在了會議廳的房頂上，灰雲中，沃納海姆晃着頭，落在房頂上後，沃納海姆伸手一舉，雲彩被抓到了它們的頭頂，沃納海姆的身子露了出來，那隻鵝和鴨子的頭也露了出來，那團雲彩，正好幫它們遮光。

「鵝上校布布，鴨上尉坦坦。」沃納海姆嚴肅地說，「要是他們胡說八道，攻擊誣陷我，那麼就讓他們好看！」

「是，將軍。」那隻鵝立即說道。

「布布，你小點聲，下面就是他們在開會。」那隻鴨子抱怨起來。

「隔着這麼厚的房頂呢。」布布擺擺手，「看你那膽小的樣子……」

它們在屋頂的話，會議廳裏的人當然都沒有聽到，但是全被本傑明聽到了，本傑明的身體懸浮起來，他的一隻手側擋着耳朵，仔細地聽着，他使用了魔法，隔着屋頂也能聽到外面的聲音。

「開始，會議開始了。」沃納海姆揮揮手，身子趴在房頂上，耳朵緊緊地貼着房頂，「聽聽這幫笨蛋怎麼評價我的……」

布布和坦坦也把耳朵貼上去，但是它們並沒有爬在房頂上，它們的長脖子下探到房頂上。

沃納海姆它們到得非常準時，會議廳裏，「研討會」

已經開始了。赫曼致詞，先是感謝了眾多專家學者的到來，隨後，請出了第一位演講者，他是一個魔法師，演講的是他的論文《歐洲驃騎兵的由來》，這篇論文是南森他們在網絡上找來的。

會議大廳裏，座位全部都坐滿了，大家都很認真，演講者也一樣，他一邊講，一邊同步播放着幻燈片，這些幻燈片資料，也是南森他們從網絡上找來的。

南森他們看着會場，用幽靈雷達判斷着三個魔怪的方位。本傑明懸浮着，繼續聽外面的動靜，此時三個魔怪全都沒有說話，它們都在聽演講的內容。

「……總之，驃騎兵的發展，和古代歐洲的戰術要求和戰地環境有關，這是一個適應當時戰術要求和戰場環境而出現的騎兵軍種，後來的沒落，也是一樣，當時間進入到近現代社會，這個騎兵軍種不在能在戰場上適用，被淘汰也是必然的。」第一個演講者説着看看大家，「這就是我的論文，謝謝大家。」

會場裏響起了一片掌聲。演講者向大家鞠躬致意，走下了演講台。赫曼則走到了演講台後。

「接着是慕尼黑大學歷史研究院費爾教授的議題。」赫曼手裏拿着一個單子，唸道。

赫曼離開演講台，杜登會長扮演的費爾教授走了上來，他的微型耳機裏，傳來了埃里克的聲音。

「會長，南森博士叫你態度明確地誇耀沃納海姆，它就在會議廳的頭頂上。」

杜登會長走到演講台後，拿出一份文稿，看了看，又看看大家。

「我的議題是『沃納海姆將軍是一個逃兵嗎？他為何背後中彈？』，這是我收集了大量資料，並前往法國實地探訪當年的戰場，用半年多時間完成的，這次提出來，希望各位同仁踴躍探討並給予建議，謝謝大家。」杜登説着還推了推眼鏡。

會場響起一片掌聲。樓頂上，沃納海姆很是激動。

「我們要聽的來了。」坦坦也很是激動，「剛才我聽得都要睡着了，這些人真是無聊，講這些過去幾百年的事，不如去吃一頓好的……」

「開始了，你小點聲。」布布埋怨起來。

「……沃納海姆是個逃兵嗎？不，他是一個勇敢的人，勇敢的將軍，我先提出一個結論，下面再展開……」杜登很是有力地說，那聲音響徹了整個會場。

「好，好，真想下去給他鼓掌——」房頂上，沃納海姆聽到這些話，叫了起來，「多麼優秀的教授呀……」

南森他們在另一個房間，監控着沃納海姆它們。保羅在不斷地掃描分析魔怪的具體情況，全面掌控魔怪的資料。

「……當時戰場的環境一片混亂，根據史料，當時的符騰堡王國軍隊，使用的還是『燧發槍』，這種槍的射擊精度比較差，經常是射向敵軍的子彈，最後不知道打到哪裏去了……」杜登會長很是嚴肅地唸着自己的研討稿，「直到十九世紀中，這種槍才被『擊發槍』取代……」

「不是，當時我們軍團一部分已經有擊發槍了……」沃納海姆在屋頂上糾正着，不過它可不想下去糾正。

「射向沃納海姆將軍的子彈是一枚打偏了的子彈，槍手也不願意擊中自己的將軍，但是射出的子彈偏離了方

向，我覺得這種可能性是最大的。而沃納海姆將軍，身先士卒，是一位勇敢的將軍……」杜登大聲地説，「他的勇敢是當時軍團士兵們公認的……」

「沒錯，就是這樣，對我的評價還不錯。」沃納海姆説着坐在地上，「要是誇獎得再厲害一些就更完美了……真沒想到，這些人，真是不錯……」

「將軍，他們要是敢説你的壞話，我們就穿牆下去揍他們一頓。」布布説着也抬起了脖子，「現在他們誇獎你，要不要給他們一些獎賞呢？」

「我的獎勵就是不去嚇唬他們，哈哈哈……」沃納海姆得意地笑了起來，「他們應該感謝我，我要是嚇唬他們，他們可受不了。」

「是誇獎將軍你的，沒有貶損你，我們可以走了吧？」坦坦問道。

「再聽一聽，也許還有別人發言呢。」沃納海姆説着又趴下去聽。

杜登會長的議題已經宣讀完畢，在一片掌聲中，又一個歷史學者站在演講台後，發表他對古代驃騎兵戰術的研究。

「這個人説的不對，我們的戰術不是這樣的。」沃納海姆説着坐了起來，「這就是他的研究成果嗎？噢，他的薪水可真好賺呀……」

「將軍，他們説的真沒意思，我們還是回去吧。」布布很是不耐煩，它指了指頭頂，「要是太陽出來了呢？我們快走吧，反正沒有人説你不好。」

「什麼太陽要出來了，你就是不想聽了。」沃納海姆説着晃晃頭，「我也不想聽了，我們回去吧。」

房間裏，本傑明聽到這句話，連忙對大家做了一個動作。

「要走了——」本傑明小聲地説。

房頂上，沃納海姆伸手就把那個雲團拉了下來，雲團包裹着了布布和坦坦，沃納海姆也只露出一個頭。隨即，雲團懸浮起來，然後快速地向着原路方向飛去。

海倫的幽靈雷達，準確地反映出魔怪信號的遠去。

第九章　空中收音

沃納海姆它們飛走了，它們是按照原路飛回去的，F路徑上的幽靈雷達準確地記錄出它們返回的軌跡，大約在九公里外，它們的信號完全消失了。

「很好，我們找到了它們的路線軌跡。」南森聽保羅說信號不見了，點點頭，「不過我們先要去通知一下，演戲結束。隱藏在七條路徑上的幽靈雷達也要收回來了。」

說着，南森站起來，唸了一句穿牆術口訣，一下就穿進到會場裏。還在發言的那個「學者」看到南森進來，嚇了一跳。

「諸位，遊戲結束，謝謝大家精彩的演出，魔怪的行蹤基本定下來了，謝謝大家。」南森站在牆邊，對現場的「演員」們說道。

現場頓時響起一片掌聲。

「噢，這位先生，如果不想結束，可以把你的講稿唸完。」南森對演講台上的那個「學者」說道。

「算了吧，我都不知道我在唸什麼。」「學者」連忙擺擺手，「我還是下來吧。」

現場又響起一片笑聲。

南森直接回到了那個房間，保羅已經列印出所有的資料，南森看着那些資料，他要立即展開分析，鎖定魔怪的具體藏身位置。

小助手們也很是着急，他們都不想回到酒店去分析了，他們急着知道魔怪究竟藏身在什麼地方。

南森對照着資料，在一張史特加地圖上用紅藍鉛筆描畫着，一條清晰的路徑出現在地圖上。

「大家看，從我們這裏，一直向西南方向延伸，F路徑，一直通到赫根山，再過去，就是辛德芬根市，那裏就不是史特加地區了。」南森用鉛筆指點着地圖説，「沃納海姆生前是史特加人，死後也要回到這裏，所以它不會去別的地方。魔怪信號是在F路徑上九公里處消失的，而從那裏開始，再有不到兩公里，就是辛德芬根市了。所以説，雖然我們沒有測到魔怪的老巢，但是它的那個老巢，就在這不到兩公里的區域裏，我們的目標範圍可是很明確了。」

説着，南森用鉛筆在赫根山，畫了一個紅圈。

「算起來不到四平方公里，很小的範圍了。」保羅跳到桌子上，看着地圖，「博士，我進去找。」

「這次不用，那一片林木茂盛，你自己進去找，一定能找到，但是可能要花一些時間，而且你和它們交過手，要是被發現，反倒會把它們嚇跑。」南森説着看看保羅。

「那怎麼辦？」派恩急着問，「我們這麼多魔法師呢，拉網對進，掃蕩那片山林？」

「它們萬一驚動起來，就立即起飛了。」南森搖搖頭，「先找到它們的巢穴，然後我有辦法。這次我們用航拍無人機。」

「航拍無人機？」派恩一愣，大家也都很是好奇。

「這次的魔怪，我們知道，一共有三個。」南森笑了笑説，「而且，聽上去它們的話都很多，這就好辦了。航拍無人機搭配上遠距離收音話筒，如果它們在巢穴或附近説話，收音話筒從一百米高的空中就能捕捉到聲音，有了聲音，也就定位它們了。」

「啊呀，這是一個好辦法呀。」本傑明興奮地叫了起來，「一台無人機不夠吧？」

「要四台，在林子上空交叉飛行，只要它們開口説話，就能捕捉到聲音。」南森信心滿滿地説，「我們根本不用深入密林，在林子外操作就行。」

「我馬上去買，四台無人機和遠距離收音話筒，中午就能買到，下午就能去找了。」埃里克比畫着説，「博士，你的辦法可真多呀。」

埃里克去買無人機和話筒了，南森他們先回酒店，而史特加的魔法師們，在杜登會長帶領下，回聯合會去等候，要是找到魔怪巢穴，他們也要幫助捉拿魔怪的。

中午的時候，埃里克果然準時買到了四台航拍無人機和四個遠距離收音話筒，並送到酒店。南森在房間裏，組裝了機器，他把四個遠距離收音話筒固定了在無人機下，然後開始調試。南森他們出了酒店，讓本傑明跑到兩百米外的停車場，海倫操作一架無人機飛到了本傑明的頭頂上，距離他有一百多米高。

南森對本傑明招了招手。

「本傑明——説話——」

「派恩是個笨蛋。」本傑明用正常説話的聲音和語速説道。

「嘩，嘩——」派恩大叫起來，他就在南森身邊，「博士，他又罵我——」

南森的手上，拿着一個手機大小的播放機，無人機上收音話筒的聲音，可以同步傳送到這個播放機上。

「派恩是天下第一超級無敵笨蛋。」本傑明繼續説道，南森那邊同步放送出這句話。

「本傑明——閉嘴——」派恩對遠處的本傑明喊道，還憤怒地晃着拳頭。

南森又試驗了另外三台無人機，全都沒有任何問題。這種無人機小巧靈活，本傑明説無人機飛在自己頭頂一百多米的地方，根本就聽不見有飛行的聲音，抬頭看也只是一個很小的機器，如果在山林裏，隔着樹枝，魔怪根本看不見。

航拍無人機試驗完畢，埃里克開車，帶着南森他們就前往史特加西南的赫根山，那裏是一處茂密的山林，無人居住。據埃里克説，那座山林中有狐狸，鹿等動物，似乎還有狼。

他們開車到了赫根山下的小鎮，然後從小鎮出發，來到了赫根山上，赫根山一片鬱鬱葱葱，大概有兩百多米高，山勢並不陡峭。這座山的周邊，南森已經排除了魔怪藏身的可能，魔怪最可能的就是在以主峰為中心的不到四平方公里的範圍內隱藏。

「海倫、本傑明、派恩，你們各帶一架無人機，繞到山後和兩側，然後聽我指令，我們一起起飛無人機，在山林上交叉飛行。」南森在一株大樹後，向幾個小助手布置任務，「沿着山林邊緣走，千萬不要抄近路走到山林裏去。」

小助手們答應一聲，隨後帶着無人機繞路前往了，保羅則一直在南森身前的一塊石頭上，連續向山林裏發射着探測信號。

「博士，沒有發現魔怪反應。」保羅跳下石頭，來到南森身邊，「樹木太多，有遮罩現象。」

「從天空中定位老巢後，我們靠近過去，會搜索到信號的。」南森平靜地說。

埃里克已經開始調試無人機了，他讓無人機飛了近百米高，然後看着遙控器上的攝錄熒幕，熒幕上的山林茂密。

「喂，喂——我們在這裏——」埃里克說了幾句話，這些話立即通過耳機播放出來，這是無人機上的收音話筒接收到了埃里克的話，又把它發射到了埃里克的耳機裏。

「沒問題吧？」南森走近埃里克問。

「收音效果良好。」埃里克連忙說。

「博士，我已經到位。」派恩的聲音出現在南森的耳機裏，他們現在都在用無線對話系統聯繫。

「開始調試設備。」南森叮囑道，「等待海倫到達山的另一面。」

山林中，微風輕吹樹木，一切都很安靜。不遠處，突然出現一隻狐狸，狐狸遠遠地看着這邊，牠發現了南森他們，保羅也看到了狐狸，不過他可沒有追擊，狐狸看了這邊一會，尤其是盯着保羅，隨後，狐狸轉身，隱沒了在山林裏。

沒多久，本傑明和海倫全部到位了，他們把無人機測試了一下，一切正常。

「大家注意，現在我們開始慢慢向半山腰前進，一邊走一邊用幽靈雷達探測前方，發現魔怪立即報告。」南森拿着無人機，保羅在他身邊左顧右看，「前進速度不要快。好了，現在開始行動。」

他們從四個方向，慢慢地開始登山，保羅走在南森身前兩米的地方，邊走邊發射着探測信號。埃里克警覺地看着四下，他們的前進速度很慢，儘量不弄出什麼聲響。山上到處都是樹木，不過很是安靜，動物們發現有人上來，也都躲得遠遠的了。

海倫他們三個小助手也是同步慢慢上山，較為平緩的山勢沒有給他們造成太多障礙。很快，南森就到達了半山腰位置。

「我已經到達，我的垂直距離地面一百米。」南森找了一小塊空地，站在空地上，一路上，保羅並沒有探測到任何魔怪反應，「你們也要和我保持同樣的高度，距離地面一百米。」

「博士，我到了。」派恩的聲音傳來，「我能測出高度，一百零三米，稍等，我再向下三米。」

海倫他們的幽靈雷達能測出他們和地面的距離，他們到位後，開始微調距離，全都和南森保持一個等高位置。

「很好，你們都就位了，現在我們開始起飛無人機。」南森手裏拿着遙控器，啟動了無人機，「我的飛行高度是一百八十米，海倫的飛行高度是一百九十米，本傑明的飛行高度是兩百米，派恩的飛行高度是二百一十米，這樣我們交叉飛行的時候，就不會發生碰撞。」

南森安排得很是仔細，他們各自升起了無人機，先是垂直升起。

「博士，我的無人機到達了一百九十米。」海倫説道，她的聲音傳到了南森的耳機裏。

「博士，兩百米，我的無人機就位。」本傑明的聲音傳來，南森他們之間的聲音相互都能聽到。

「我的也就位了。」派恩説道。

「好的，現在準備向中心飛行，我們一起讓無人機向山頂方向飛。」南森下達了指令。

四架無人機一起向山頂飛去，沒一會，四架無人機全部聚集了在山頂上，由於高度各自不同，無人機不會相撞，飛行過程中，派恩的無人機收錄到了一個地面上狐狸的叫聲。

「現在開始巡航飛行。」南森下達新的指令，「注意飛行速度不要太快，一定要慢而穩。」

南森的指令下達後，把遙控器交給了埃里克。赫根山頂區域，四架無人機開始在這個區域來回地拉網飛行。無人機在高空，自身噪音很低，所以不抬頭仔細觀看，是無法察覺天空中還有無人機飛行的，而且山林裏樹木茂盛，南森抬頭看自己的無人機也很難觀察到，只能通過熒幕上的畫面判定無人機的空中位置。

無人機這樣飛了有二十多分鐘，並沒有任何發現。南森叫大家先把無人機降落下來，休息十分鐘後再一起起飛，隨後交叉飛行，捕捉魔怪發出的聲音。

「這三個魔怪，是不是在白天不出來活動？」埃里克走近南森，問道，「如果是晚上活動，那麼到了晚上我們才能捕捉到聲音。」

「今天是陰天，樹木又多，可以很好地遮光。」南森説，「所以白天還是能在外活動的。」

「博士，我真想鑽進林子去，萬一遇到它們，就不用這樣一直飛來飛去了。」保羅有些着急地望着面前的密林，「好像就在眼前了，就差那麼一點了。」

「不要着急，還是要謹慎。」南森看看保羅，「老伙計，它們可是見過你的，你就是隱身，萬一弄出什麼響動了，也能驚動它們，它們現在一定很警覺呢。」

十分鐘過去了，南森他們再次起飛了無人機，開始在山頂區域上來回交叉巡航，又是一次半個小時的尋找，但還是沒有任何結果。

派恩這次飛行，是坐在一塊石頭上操作的，他感到自己有些累了，從一早就開始忙，一路追蹤到這裏。只能這樣，時間拖得越久，魔怪對人類的威脅也就越大。

這個用航拍無人機偵查的方法，真的可以找到魔怪的巢穴嗎？

第十章　被拉住的雲朵

此時，已經是下午三點多了。大家又休息了一會，派恩這次沒等南森發出指令，先行起飛了無人機，隨後漫無目的把無人機向山頂方向推進了一百多米。

「……布布，你拿着籃子，我很累……」一個聲音突然傳進了派恩的耳機，那是那隻鴨子魔怪的聲音，「快點拿着，看你那個懶樣子……」

派恩聽到這個聲音，瞪大了眼睛，他立即站了起來。

「憑什麼讓我拿着，坦坦，別忘了，你是上尉，我可是上校。」布布不滿意的聲音傳來，「你要聽我的……」

「沒有一個兵的上校，有什麼了不起？再說憑什麼你是上校我是上尉，就憑你個頭比我大一些嗎？」坦坦反駁道。

「這是將軍封的，我就是上校，你是上尉，我比你大，我要管着你。」布布沒好氣地説。

「我才不聽你的呢，你這隻胖得飛不起來的傻鵝，你活着的時候就很傻，現在更傻了。」坦坦立即説。

「敢罵我，看我不揍你！」布布叫了起來。

「你要能追上我再說。」坦坦嘲弄地說。

派恩調節着無人機的飛行方向，跟蹤着布布和坦坦的行走軌跡，看上去它倆剛從巢穴出來，要到什麼地方去。

「博士，博士——」派恩儘量壓低聲音，但是難掩激動，「我先起飛了無人機，我聽到了那隻鵝和鴨子的對話了，山頂的右側五百米，偏北十度……」

南森他們全都聽到了派恩的呼叫，他們立即啟動無人機，很快，三架無人機一起飛向了山的右側。

「就這裏吧，啊，果子很大，一定很解渴。」布布的聲音傳來，這次，南森他們所有人都聽到了這個聲音。

「你來摘，快點，看你那個懶樣子，你活着的時候就是一隻大懶鵝……」坦坦又在數落布布。

「啊，你還教訓我，你這個膽小鬼。」布布不客氣地反駁起來，「那天聽到那麼一點動靜，你就把桶給扔了，看你嚇得那個樣子……」

「我就是鬼，你也是。」坦坦說，「將軍也是……」

四架無人機，全部飛了在布布和坦坦的頭頂上，但是它們毫無察覺，繼續在那裏相互攻擊。保羅將它們的行動軌跡準確劃出，大致勾勒出它們的巢穴位置。

「一直跟着它們，它們這是在採集果實呢。」南森仔細地聽着它倆的對話，「一會它們就會回去，到時候我們就能準確地知道魔怪巢穴位置了。」

南森讓埃里克通知了杜登會長，叫他們立即趕過來，在半山腰位置等待，形成一個外線的包圍。

樹林裏，魔怪鵝和魔怪鴨子，仍在那裏喋喋不休地說話。魔怪不能顯示在攝錄機上，而且還隔着樹葉樹枝，所以無人機的攝錄機此時毫無作用，拍不到任何影像，不過聲音大家聽得很清楚。

「……我都摘了這麼多果子了，你提回去。難道還要我提回去嗎？」布布繼續在那裏抱怨。

「既然你這麼說了，那你就提回去吧。」坦坦毫不客氣地說，「你看看我，比你小很多，我沒有力氣，你提回去……」

「你可真是太過分了，看看你的態度像個將軍。」布布大叫起來，「你只是個上尉，上尉呀……」

「行了，走吧，我的上校，你不會真把自己當上校了吧？」坦坦滿不在乎地說，「我說，你吃得多，幹的也要多……」

它倆互相言語攻擊，開始向回走去。四架無人機連忙跟上，牢牢鎖定它們的回程。

走了大概五分多鐘，它們似乎停了下來。

「將軍，我們把果子都摘回來了，我摘得最多，我提回來的，布布什麼都沒幹。」坦坦大聲説話的聲音，傳到了大家的耳機裏，看樣子它回到巢穴了。

「坦坦，你的臉皮可真厚呀。」布布很是淒慘地叫起來，「你這隻懶鴨子，你才什麼都沒幹。」

「你們兩個，不要吵，本將軍今天心情不錯，你們一吵我都影響我的心情了……」沃納海姆的聲音傳來。

南森看看大家點了點頭。這個位置就是魔怪巢穴了。

「一點鐘方向，山頂下五十米，就是這個位置。」保羅測出了準確的位置，連忙説。

「派恩，你保持你的無人機在上空繼續收音。」南森邊説邊操控起無人機，「海倫、本傑明，我們把無人機收回來，然後去那個位置。」

很快，三架無人機飛了回來，南森把三架無人機和遙控器全都放在一棵樹下，隨後帶着大家小心地向魔怪巢穴進發。

派恩邊走邊操控着無人機，他的這架無人機在魔怪巢穴上空懸停着，巢穴中，不時地有聲音傳出來，裏面的三個魔怪不停地在説話。

十分鐘後，他們就接近山頂位置了，保羅第一個探測到了魔怪信號，隨後，海倫和本傑明也找到了魔怪信號，非常強烈的魔怪信號，是三個魔怪一起發出來的。

埃里克走過來，說杜登會長帶着幾個魔法師，已經急速趕過來了，並且已經到達了半山腰位置。南森叫埃里克告知他們就在半山腰布防，並且注意空中的動向，杜登會長他們前來，都帶了可以射擊空中飛行物的魔法棒。

外線的布置完畢，南森他們來到一棵大樹後，南森舉起手，做了一個停止前進的動作。前方，大概不到七十米處，就是魔怪的老巢了，南森把頭探出，向前面望去。

前方有好幾株樹，還有一片高大的灌木叢，魔怪的巢穴若隱若現，南森看到一片灌木中，有個黑乎乎的洞口，洞口比較大，大概有一米多寬。

「博士，就是那個洞口，它們住在一個山洞裏。」保羅說道，「我探測了一下，山洞只有這一個出入口。」

「我們圍過去。」南森點點頭，他回頭看看大家，「埃里克，你守住洞口的右側，海倫，你和本傑明守住左側，捆妖繩全都拿出來，按計劃行事。」

埃里克他們答應一聲，開始沿着左右兩側向洞口移動。

「派恩，你繼續監聽裏面的聲音，你跟在我後面。」南森又說道。

「是，博士。」派恩立即回答。

「老伙計，我們上——」南森說着就揮揮手。

南森俯身，利用樹木的掩護，從正面接近山洞，保羅衝在前面，他們很快就來到了山洞前的那片灌木叢前。

南森俯身在灌木叢，他們距離山洞只有十幾米了，山洞兩側，埃里克和海倫、本傑明已經把守住了洞口的位置，他們的身體緊緊地貼着山體的石壁，謹慎地看着洞口。

「老伙計，我們衝進去。」南森看看保羅。

「好，我們一起衝。」保羅用力點點頭。

「衝——」南森説着就站了起來，隨後急速向洞口那裏衝去，與此同時，保羅像箭一樣飛了出去。

派恩的耳機裏，還能聽見有説話聲，他沒有急速衝擊，而是跟在南森身後走着，他還是要負責無人機的。

只有幾秒鐘，南森和保羅就衝到了山洞前，保羅到了洞口那裏，縱身一躍，直接飛進了山洞，南森緊跟着就跳了進去。

「……鴨上尉坦坦，你最近很勤快，我準備升你為少校。」沃納海姆吃着山果，讚揚地説。

「將軍，他是騙子，什麼都不做，不要被他騙了。」布布連忙説。

「將軍，當不當少校不重要，反正我們也沒有兵，我最近就是想吃魚，多弄點魚來……啊——」坦坦本來很得意，突然看到南森衝進來，驚慌地叫了起來。

山洞裏，沃納海姆坐在一把椅子上，手裏拿着一個山果，椅子旁邊，是一張破桌子，桌子上堆着十幾個山果，還放着兩張報紙。山洞裏懸浮着一枚小小的亮光球，球體散發出弱光，把山洞裏照得比較清楚。

布布和坦坦一左一右，原本趴在各自的草窩裏，看見南森進來，它們都嚇得站了起來。

沃納海姆拿着山果的手，停在了半空中，它瞪大了眼睛，看着南森。

「我們是魔法師，這裏已經被包圍了，希望你們能束手就擒，不要幻想了，你們不可能跑掉的。」

「你、又是你，你怎麼找到這裏的？」沃納海姆站了起來，它瞪着南森，「我這裏很隱蔽的……」

「我們怎麼找到這裏並不重要，你們是舉手走出去，還是先被我們捆住……」保羅用一種勸慰的口氣說。

「休想——」沃納海姆大叫起來，它看看布布和坦坦，「鵝上校布布，鴨少校坦坦，給我上，揍他們——」

「我現在就是少校了嗎？」坦坦興奮地問。

「這個笨蛋，這個懶鬼，都升少校了，我也要升一級。」布布揮舞着翅膀，很是激動。

「再升一級就是將軍了，你想和我平級嗎？」沃納海姆不高興地說。

「喂，你們當我們不在嗎？」保羅説道，「升不升級的事以後再討論……」

「不行，我升個少校它就要叫，憑什麼？就憑它個頭比我大嗎？」坦坦對保羅擺了擺手，「今天就是要把話説明白……」

「現在他們要抓我們，以後再説——」沃納海姆似乎最先反應過來，它指着南森，「聽我的指揮，給我上——」

布布和坦坦這才轉身看着南森，它倆忽然一起扇動起翅膀，朝南森撲了上去。

布布用力揮起翅膀，狠狠地掃向南森，南森身體一閃，先是躲開。不過坦坦跳起後撲下來，翅膀拍了下來。

南森用手一擋，坦坦被擋開，落在地上。另一邊，保羅叫着衝向沃納海姆，張嘴就咬。

沃納海姆閃了一下，躲開了保羅，它看了看洞口那裏，縱身一躍，跳到洞口。它剛要出去，外面一腳踢來，踢它的是本傑明，沃納海姆被踢中，叫着翻滾在地。

布布和坦坦圍着南森，又是飛又是跳，連連出手，南森左擋右閃，一時間鵝毛和鴨毛亂飛。沃納海姆被一腳踢回來後，翻身立起來，它一副生氣的樣子。

「嘩——不給你們點厲害看看，你們還沒完沒了——」沃納海姆說着向洞口一揮手，「將軍電光——」

一道比手指還要粗的電光光柱直直地飛向洞口，本傑明守在那裏，看到一道閃電射來，連忙一躲。

「唓——」的一聲，光柱射在洞口的石壁上，石壁上頓時被炸出一個坑，碎石四濺。

保羅此時又撲向沃納海姆，沃納海姆伸手對着保羅又射出一道光柱，保羅連忙躲閃，光柱射在地面上，又炸出一個坑。

布布和坦坦還在那裏糾纏着南森，洞口那裏，本傑明是想進來助戰的。山洞裏，沃納海姆隨手向南森射出一道閃電。南森看到那樣粗的一道光柱射線飛來，連忙一躲，布布的大翅膀，還把南森掃了一下。

「快跑——」沃納海姆見狀，大喊一聲，「衝出去飛走——」

說着，沃納海姆對着洞口連射兩條光柱，本傑明連忙躲閃，大叫着退出了洞口，沃納海姆和布布衝出了山洞，坦坦慢了一步，被南森攔住，保羅撲上去，一口就咬住鴨腿，坦坦叫了起來。

山洞外，海倫和埃里克圍了上來，沃納海姆向左右分別射出一條光柱，擊退了海倫和埃里克。

「我的雲彩——雲彩快來——」沃納海姆唸出一句魔

法口訣。

一個雲團迅速生成，把沃納海姆和布布包裹起來，但是布布隨即衝出了雲團。

「坦坦那個笨蛋還在裏面，坦坦——」布布說着要回去救坦坦。

「布布——救命——」坦坦的聲音從山洞裏傳了出來。

「哎呀，真是笨蛋，我們走吧，魔法師不會為難一隻笨鴨子的，它也沒做過壞事。」沃納海姆拉住了布布，勸道。

「不行，這個笨蛋沒有我們跑不掉的。」布布一定要回去，全然不顧衝上來的海倫和埃里克。

「救命呀——」坦坦的聲音又傳出來，「魔法老頭太厲害了——」

「好吧，去救它，真是不讓我省心。」沃納海姆說着衝出雲團，和布布一起往山洞裏衝。

海倫和埃里克衝到了它們身前，它倆大叫着打向海倫和埃里克，海倫和埃里克連忙閃身，它倆是虛晃的，它們一起又跳進了山洞裏。

南森已經抓住了坦坦，沃納海姆衝上去猛地撞向南森，而布布則拉起坦坦，向洞外跑去。

南森和沃納海姆打在一起，沃納海姆連續出拳，南森後退幾步，這時，沃納海姆又向南森射出那條很粗的電光光柱，南森連忙躲閃，那條光柱擦着南森的身體飛了過去。

南森反手射向沃納海姆一道閃電，沃納海姆則又射出來一條光柱，閃電和光柱正面相撞，南森的閃電光當場被打得彎曲，隨後化開飛散。

「哇，博士，它很厲害。」保羅在一邊大叫起來，「我來咬它——」

保羅説着就撲了上去，沃納海姆對着保羅就射出一條光柱，保羅一閃，光柱擊中地面，「嘭——」的一聲爆炸，碎石亂濺，保羅被爆炸掀翻在地。

洞口那裏，布布拉着坦坦已經衝了出去，本傑明和海倫上前阻截，布布揮着翅膀，掀起一陣大風，推開了海倫和本傑明。沃納海姆緊跟着衝了出來，它向埃里克射出一條光柱，埃里克連忙躲閃。這時，派恩手裏抓着無人機遙控器，也衝了上來，不過也被沃納海姆用光柱射擊，派恩連忙躲開。

那股雲團還在，布布和坦坦飛身衝了進去，沃納海姆也跑了進去。

「將軍你剛才猶豫了，你沒有着急救我，想自己跑。」坦坦大聲地抱怨着，「是布布這個笨蛋要救我的……」

「沒有，後來我也去救你了。」沃納海姆辯解起來。

「別吵了，一會再吵，現在先跑。」布布催促起來，它很是着急，「將軍，快點飛呀——」

「飛，飛——」將軍連忙唸了一句魔法口訣，「越飛越高，越飛越遠——」

那股雲團立即就飛了起來，雲團飛了大概有五、六米高，地面上的海倫和本傑明，一起向雲團拋出一條捆妖繩子，不過這條捆妖繩和平時他們使用的不一樣，一是很長，另外，兩條捆妖繩的頭部都有一個圓盤狀的物體。

兩個圓盤狀的物體各自打在雲團的兩端，頓時把雲團給牢牢吸住，雲團頓時不動了。

「將軍，今天這件事我們必須説清楚，你為什麼不第一時間來救我？我在山洞裏都聽見了，你還説什麼魔法師不會為難一隻笨鴨子的，我不笨。」坦坦在雲團裏，繼續埋怨着，「你真是太讓我傷心了。」

「沒有呀，我最後不是也去救你了嗎？」沃納海姆很是委屈地説，「我不救你你現在在哪裏？」

「我説的是第一時間，第一時間，是布布這隻笨鵝第一時間要來救我的……」坦坦大叫着。

「煩死了，別吵了——」布布喊道，「你們看呀，我們好像不動了，我們沒有在飛行——」

雲團被捆妖繩上的圓盤吸住，海倫和本傑明各自拉着一根繩子。

「啊，魔法師把我們吸住啦——」沃納海姆慌了，它在雲團裏跳了跳，「給我飛——」

雲團開始向上飛，但是被地面的海倫和本傑明死死拉住，兩根捆妖繩像是要斷了一樣，繃得緊緊的。

雲團努力地上升，急着要掙脱束縛，地面上，埃里克和已經從山洞裏出來的南森連忙上去幫着往下拉繩子。

「啊——啊——」布布和坦坦一起喊了起來，「跑不了了——」

「飛，給我飛——」沃納海姆跳着腳，揮着手，「給我飛——」

地面上，南森他們一起往下拉繩子，雲團則向上衝，雙方進入了僵持，不過那雲團稍稍地向下了半米。

「哇——要被活捉了——」坦坦哭喊起來，它看着沃納海姆，「這都是你不肯在第一時間救我遭得報應——」

「飛，給我飛——」沃納海姆瘋狂地大叫着。

一架無人機，從上到下俯衝過來，速度極快。派恩操控着無人機，只見它瞄準了沃納海姆的頭，狠狠地撞了上去，並發出「噹」的一聲。沃納海姆根本就沒有料到，它慘叫一聲，倒在雲團裏，眼冒金星，手足無措。

「非常規戰術。」派恩很是得意地向南森他們晃了晃手中的無人機遙控器。

第十一章　博物館改建計劃

沒有了魔法控制的雲團，迅速就被南森他們拉到了地面上，雲團一落地，海倫和本傑明又拋出兩根捆妖繩，捆住了布布和坦坦，埃里克則衝進雲團，按住了沃納海姆。沃納海姆掙扎着想反抗，南森衝上去，幫埃里克一起抓住了沃納海姆。埃里克掏出一根捆妖繩，捆住了沃納海姆。

雲團還沒有散開，布布和坦坦被拖出了雲團，隨後，沃納海姆也被埃里克拖出雲團。

沃納海姆用力掙扎着，想要擺脱捆妖繩的束縛。派恩走了過去，站在它身邊，嘲弄地笑了笑。

「別想跑了，你以為還能跑掉嗎？」派恩説道，他看了看雲團上的兩個圓盤，「這兩個吸盤是專門為你們準備的，博士早就設計好了，你以為你們怎麼能那麼順利地鑽到雲彩裏嗎？故意讓你們飛的。」

「啊，將軍，上當了，上當了呀。」布布大喊着，「最近我們好像總是上當。」

「這都是因為沒有在第一時間救我造成的呀。」坦坦很是感慨地説，「大笨鵝，這次你還算比較夠意思，我以前對你有偏見，不過不保證今後還是有偏見，誰叫你是大笨鵝呢。」

「還什麼以後呀，完蛋了，被魔法師抓住了。」布布垂頭喪氣地説。

沃納海姆已經不掙扎了，它也是垂頭喪氣的樣子，它坐在了地上，低着頭，什麼也不看，只有鼻子裏發出不服氣地哼聲。

南森走到雲團裏，他被雲團完全籠罩，只有一個頭露在外面，派恩也好奇地鑽了進去，他個子小，鑽進去後就什麼都看不見了，他自己看見的也是身邊的霧氣。

「挺厲害的魔法。」南森説着走出了雲團，「有這麼一團雲彩，去哪裏都方便，而且速度快，不過會耗費很大

魔力。」

「博士，不是誰都能有這種法術的，對吧？」派恩跟了出來，問道。

「是呀，所以要是不吸住這股雲彩，根本就抓不住它們。」南森説道，隨後，他走到了沃納海姆身邊。

「魔法老頭，我們沒幹過壞事，為什麼抓我們？我就是一隻鴨子，布布是笨鵝，沃納海姆是笨將軍，沒在第一時間救我的笨將軍。」坦坦對着南森喊叫起來。

「往人家門上拍血手印，不是幹壞事？」埃里克俯身問道，「我很想知道你對幹壞事的定義是什麼？」

「我……我……」坦坦張口結舌了，它扭着脖子，但是聲音小了，「可也沒怎麼嚇到人呀……」

南森又走到沃納海姆身邊，看了它一會，沒有説話。沃納海姆抬頭看看南森，隨後又把頭低了下去。

「符騰堡王國驃騎兵團的沃納海姆將軍，在和法軍的作戰中，不幸被身後射來的己方子彈擊中身亡。」南森慢慢地説道，「聽説你活着的時候作戰很勇敢呀，身為將軍，經常衝在最前面。」

「這你都知道？」沃納海姆突然雙眼放光，很是有些得意，它不好意思地笑了笑，「那都是以前的事情了，我們驃騎兵團的戰士都很勇敢。」

「對於你的勇敢，我們表示欣賞。」南森又說，「但是……你最近的行為，也就是你變成了魔怪後這個行為，半夜偷偷去按下血手印嚇唬人，這就很是卑劣了，不像是一個勇敢的將軍辦的事情呀。」

「我……」沃納海姆皺起了眉，「我……我的家變成了賺錢工具了，這是對我的侮辱，我要把那裏變成博物館，這是我的底線……」

「變成什麼一會再談，我很想和你談一下你的過往。」南森很是耐心地說，「你也知道，我是魔法師，更確切地說，我是魔法偵探，你做的事情，是案件，我們必須去破獲，所以我們才千方百計地抓住你，我們想了解一切。」

「你都很了解了，知道我的名字，知道我的部隊，知道我去按下了血手印……」沃納海姆倒是很不耐煩，「我也被你抓住了，我們算是完了，只能讓你處置了……」

「我要知道細節。」南森打斷了沃納海姆的話，「知道細節，這對你也有好處。其實，根據對你的山洞的初步判斷，我已經知道，你沒幹什麼別的壞事，也就是說你變成魔怪後，沒有殺人，也沒有傷害人，你山洞裏有的血跡，都是動物血。也許這對怎麼處理你們，有所幫助。」

「那隻笨鴨子和笨鵝，你就饒了它倆吧，它倆沒幹壞事，去往門上拍血手印是我的主意。」沃納海姆懇求地看着南森。

「哇，將軍，我心情好點了，你在彌補沒有第一時間救我的罪過。」坦坦晃着身子喊道。

「要是真沒做過壞事，一定會從輕處置。」南森認真地說，「現在就一點一點地把細節都告訴我們吧……你是怎麼變成魔怪的？」

「我們和法軍打仗，勝利在望的時候，我被自己人打死了，而且開槍的那個人是無意的，我這個冤屈呀，還沒有地方發洩。冤屈太大，我就變成魔怪了。」沃納海姆說，「當時在作戰，下屬就把我埋在了法國，我就是在法國一點點變成魔怪的。」

「那你怎麼回到德國的？」南森又問。

「不是我想回來。戰事結束了，驃騎兵團後來也回到了史特加，可法國的傢伙認為我是入侵者，就把我的墓地剷平了，上面蓋了一個家禽養殖場，每天那些家禽叫來叫去，真是煩呀，那地方是沒法待了，我變成魔怪後，就離開了那裏。我想還是回史特加吧，所以就回家了。」沃納海姆說着看看布布和坦坦，「這兩個笨蛋，就是養殖場在死後被埋葬的，正好埋在我上面，時間久了，沾了我的魔氣，我把它倆用魔法給復活了，也施展給它們一點魔力，這樣我就有兩個幫手了，平時也不會那麼悶。」

「原來是法國鵝和法國鴨子。」本傑明好奇地看看布布和坦坦，「説德語的法國家禽。」

「你是什麼時候回到史特加的？你為什麼要在酒店客房門上拍下血手印？」南森問出了大家都很關心的問題。

「五十多年前吧，當時城堡還荒廢着，我還在裏面住了一年。」沃納海姆説，「後來就有人去勘驗，隨後城堡改成了酒店，我只好躲到這個山洞裏來住。我的家，居然被用來賺錢，我一直就想着把他們趕走，可是就算我把他們趕走，可能過些天又有別人開酒店。直到半年前，我看到新聞，幾十公里外的貝森城堡被改成了古代城堡博物館，裏面還原了當年城堡的樣子。我就有了主意，我想把酒店裏的人全部嚇走，顧客都嚇走了，誰也不會來這裏開酒店了，到時候我就持續給市政管理部門寫信打電話，讓他們把這裏也變成城堡博物館。博物館總比酒店要好，晚上博物館沒有人，我還

能回來住，城堡要是被還原成古代樣子，我還能在自己以前的房間住呢。我就想到拍血手印在房門上這個辦法嚇唬客人這個辦法了，而且立即實施，這可不是裝神弄鬼，我就是鬼。」

「這就是你的動機？」南森皺着眉頭。

「這就是，我家不能變成賺錢機構，因為這是我的家。」沃納海姆直接說。

「血從哪裏來的？我們化驗過。」南森再問，「是牛血。」

「附近屠宰場偷的，牛血可以用作工業原料，屠宰場會存下來賣錢。」沃納海姆看看南森，「我們就去弄一桶來。」

「酒店房門上的血手印，都是你的手印吧？可是我們發現，四樓的幾個手印，形狀有些奇怪……」南森疑惑地看着沃納海姆。

「哈哈哈……那是我的手印。」坦坦笑了起來，「連續拍手印，將軍累了，我說最後幾個了，我來拍吧，我就把翅膀沾到桶裏，然後拍了上去，不過我們都很小心，不會弄出聲音來。」

「原來是這樣。」南森恍然大悟，「其實呢，現在可以說了，我們為了把你們給釣出來，對外發布了資訊，說酒店裏血手印是惡作劇，甚至歐洲地區驃騎兵研討會都是專門為你們準備的……」

「嘩——嘩——」沃納海姆大叫起來，「上當啦，上當啦——」

「我説過了，我們最近好像一直在上當。」布布很平淡地説。

「你聽我説完。」南森擺擺手，看看沃納海姆，「你們是怎麼得到資訊的？我看到你們桌子上的報紙了，你們不可能訂報吧。」

「山下那家人的報紙，早上送報的送到他家，中午他們就已經看完，每天下午準時放到垃圾桶旁，他家訂了好幾份報紙，布布或者坦坦每天下午都去拿一份回來。我只是晚看幾小時而已。」沃納海姆説，「其實我們還有一台收音機，撿來的，在布布的草墊下。前些天新聞報道説血手印就是惡作劇，酒店恢復營業就是從收音機裏聽來的，不過現在我知道是上當了。」

「你們第二次去酒店拍血手印，走的時候是早晨五點吧？你們的雲彩被一個早起的房客看到了。」南森語氣緩和了很多，他又問道。

「是，那天我們去得晚，逐個拍血手印要花時間的。」沃納海姆很是輕鬆地回答，「被看到嗎？那麼恭喜他，我們飛行的樣子可不是誰都能看到的。」

「你變成魔怪後，憑什麼維持魔力？你的魔力還不小，能踩着雲彩飛行。」南森説着看看山洞周邊的環境。

「我變成魔怪就發現有這個魔力了，那我就好好利用呀。」沃納海姆一副很無辜的樣子，「飛行確實耗費魔力，那就多吃呀，但是我們不害人，我們吃森林裏的動物，這麼大片的林子，旁邊還有河，動物可太多了。」

「海倫，和杜登會長他們説過了吧，魔怪抓到了。」南森忽然轉身，看看海倫。

「説過了。」海倫點點頭，「他們等在半山腰呢。」

「把它們帶給魔法師聯合會吧。」南森説完又看看沃納海姆，「根據實際情況，對沒有害人的魔怪，處罰也不一樣。這也要當地魔法師聯合會進一步調查最後做出處罰決定。不過，拍血手印嚇唬人，這也是魔怪行為，危害力度當然沒那麼大，但是這種行為也要被處罰。」

沃納海姆沒説話，只是點了點頭。

尾聲

破獲了血手印魔怪案件，杜登會長和埃里克一定要南森他們留下來，不要着急回倫敦去，要在史特加這座古城多遊玩幾天。南森他們以前也沒來過，借着這個機會，很有興致地在史特加遊覽觀光。

這天傍晚，南森他們回到了格爾酒店，他們今天去了王宮廣場旁的老宮殿，回來後，派恩就説又累又餓，打開一袋薯片吃了起來，隨後，又拿起一瓶飲料喝了兩口。

「一會就去吃飯了，這麼着急。」本傑明靠着沙發，「看看你那個樣子，你是沒吃過薯片嗎？」

「吃薯片怎麼了？」派恩瞪着本傑明，「好像你每天都吃豪華大餐一樣，好像你多富有一樣。」

「我就是富有呀。」本傑明舉起了手，「看看，我這價值一億英鎊的手錶，防塵、防震、防刮、防水……」

「哪有？我什麼都沒看見呀。」派恩指着本傑明什麼都沒戴的手腕，「沒有手錶呀。」

「我還沒説完呢。」本傑明笑了笑，「就是不防盜。」

「啊，你要我——」派恩大叫起來。

這時，有人敲門。海倫連忙跑過去開門，來人是埃里克，跟他一起進來的，是布布和坦坦。

大家立即圍了上去，派恩還去抓坦坦，鵝和鴨子連忙躲開了，好像不認識南森他們一樣。

「經過調查，三個魔怪確實沒有害過人。」埃里克說，「沃納海姆被徹底清除了魔性，失去了魔力，但是還被看管着，進一步觀察。布布和坦坦也被清除了魔性，現在就是普通的鵝和鴨子了，而且以往的記憶都消失了……把牠們帶上來給你們看還很麻煩，請琳娜總經理特批才帶上來的……」

「啊——」派恩大叫起來，「我的薯片——」

布布和坦坦站在桌子旁，伸着脖子，把派恩的薯片一口口地吞了下去。派恩的

叫喊聲，牠們也不理。

「現在牠們只能聽懂法語。」埃里克連忙說，「牠們原本就是法國的鵝和鴨子，現在是完全復原了。」

「老保羅，查查法語『別吃了』怎麼說——」派恩說着就去攔着布布和坦坦的長脖子。

大家看着派恩那樣子，全都笑了。

推理時間

麥克警長，蘇格蘭場（倫敦警察廳）高級督察，南森和警方的聯絡人，也是一名大偵探，屢破奇案。當然，他所偵辦的都是人類世界中的案件。一起來看看他偵辦過的案件，運用你的推理能力，想一想他是如何破案的呢？

古典家具

麥克警長穿着便衣，走在一條蜿蜒的路上，這條路周邊都是房子，麥克警長是去看一個朋友的。他第一次來，這裏的路很曲折，很難找。

一輛卡車開了過來，停了在麥克警長身邊，司機放下車窗，伸出頭來，他的身邊還坐着一個戴棒球帽的男子。

「請問貝斯路15號怎麼走？」司機問。

「我也不知道，我也是找人的，以前沒來過這裏。」麥克無奈地說。

「謝謝，我們再去找找。」司機很有禮貌地說，說完開車走了。

麥克看着遠處的卡車，卡車後面的車廂裏，還坐着一個人。

麥克打電話給朋友，讓朋友出來接他，這才把他帶到朋友家，朋友說這一片住宅確實難找。

來到朋友家，他們說了一會話，臨近中午了，朋友說去附近食品超市買些食材回來，他要露一手，做一頓大餐。麥克和他一起出了門，麥克也想看看附近的環境。

他們向食品超市走去，走了大概三分鐘，麥克發現剛才那輛卡車橫在馬路上，車尾對着一家的大門，車廂裏那個人和司機把一件古典家具搬上了卡車車廂。

戴棒球帽的人站在車廂下，看見麥克他們走來，連忙笑了笑。

「我的朋友來幫我搬家，我們馬上就走，不過你們要繞一下路。」戴棒球帽的人指了指車頭，因為他的車把半截路都擋住了。

麥克和朋友繞路走過去，麥克忽然站住。

「這三個人剛才我見過，他們有問題。」麥克對朋友說，「他們說搬家，馬上就走，但是卡車上只有一件家具，不過這不是最重要的疑點……」

麥克和朋友轉回去，麥克拿出了警官證，質問他們。三個人承認了，他們是偷拿了一個人的鑰匙，趁那個人在外旅遊，前來盜竊他家一件昂貴的古典家具的，因為他們是第一次來，不認識路，所以剛才向麥克問路。

請問：麥克警長說的「最重要的疑點」是什麼？

答案：戴棒球帽的人說朋友幫他搬家，但是剛才司機問路的時候，他就坐在司機身邊，他不可能連自己家都不認識，還要去問路。

下冊預告

魔幻偵探所 50

離奇電梯事故，竟是魔怪的死亡陷阱？

倫敦一所公寓發生電梯墜落事故，令電梯中一位女士死亡。離奇的是，意外現場及死者身上卻找不到血跡，而且類似的電梯意外竟然接二連三地出現，看來這並不是普通的機械故障，顯然是有魔怪在作惡！

魔幻偵探們將會遇上一個狡猾又復仇心強的魔怪，連本傑明、海倫、保羅都先後中計而受創！面對這樣神出鬼沒的魔怪，難道南森會無計可施？

魔幻偵探們即將接受更離奇的任務！

刑偵三部曲

①案件：交代案件背景

福爾摩鼠堅定地說：「已經在調查了，齒輪早就在轉動！夥伴們振作吧，福爾摩鼠可不是個傻瓜！史提頓，你記下來了嗎？我們要開始仔細分析公爵府的地圖，這些信息對查案至關重要。」

然後，他對客戶們說：「請你們立刻回公爵府，我們隨後就到！」

皮莉鼠小姐又跑着進來，說：「走之前再來一杯特濃綠茶吧。這次我搭配了三種乳酪加鯷魚的意式小薄餅！」

福爾摩鼠回應道：「嘖嘖！正如我願，皮莉鼠小姐！」

女管家送客户離開，回來時嘟囔着說：「那對夫妻是真正的貴族！而第三位，我認為不太信得過，他有點不對勁……不過我還說不出哪裏不對勁……他好像跟馬有什麼關聯……」

②調查：找出案件線索和證據

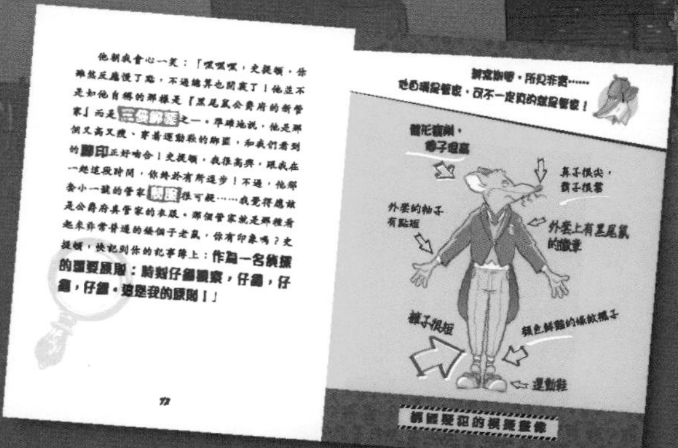

他朝我會心一笑：「嘿嘿嘿，史提頓，你雖然反應慢了點，不過總算也開竅了！他並不是如他自稱的那樣是『黑尾鼠公爵府的新管家』而是三名嫌疑犯之一。準確地說，他是那個又高又瘦、穿着運動鞋的鄉匪，和我們看到的腳印正好吻合！史提頓，我很高興，跟我在一起這段時間，你終於有所進步！不過，他那套小一號的管家制服很可疑……我覺得應該是公爵府真管家的衣服。那個管家就是那種看起來非常普通的矮個子老鼠，你有印象嗎？史提頓，快記到你的記事簿上：作為一名偵探的重要原則：時刻仔細觀察，仔細，仔細，仔細。這是我的原則！」

③結案：分析揭曉罪魁禍首

中，誰可以和『跑馬』這個詞聯繫在一起呢？」

福爾摩鼠言畢，所有鼠的目光都盯着馬伕。

馬伕滿臉通紅，費力地說：「可是我……我不知道……」

公爵夫婦都怔住了，小蓋小姐緊緊皺着眉頭，其他的家僕也都緊張不安，而警察繼續認真聆聽着。

我很驚訝，說：「福爾摩鼠先生，你是說罪魁禍首是馬伕？」

福爾摩鼠笑着說：「史提頓，開什麼玩笑呢！除了馬伕，這裏還有一隻鼠跟馬有關聯！他自己都承認了，我們還在馬房見過他！史提頓，你應該記得的！」

我很疑惑：「呃……可是……」

他又一副趾高氣揚的神氣看着我：「有鼠騎馬……然後輸了！你看看蒙迪律師的鞋匙扣，他公事包裏的雜誌，還有口袋裏露出來的一張彩票……他的衣服上的補丁，還有他接的好幾通電話。我猜測債主們已經對他很不耐煩了……所以他只能鋌而走險，騙取賭金，我的天啊！此外，那張勒索贖金的字條上的字，和他最愛的雜誌《跑馬》上的字體相同！

一起破解各種離奇案件！

魔幻偵探所 49
史特加的鬼將軍

作　　者：關景峰
繪　　圖：陳焯嘉
責任編輯：黃楚雨
美術設計：李成宇、蔡學彰
出　　版：新雅文化事業有限公司
香港英皇道499號北角工業大廈18樓
電話：（852）2138 7998
傳真：（852）2597 4003
網址：http://www.sunya.com.hk
電郵：marketing@sunya.com.hk
發　　行：香港聯合書刊物流有限公司
香港荃灣德士古道220-248號荃灣工業中心16樓
電話：（852）2150 2100
傳真：（852）2407 3062
電郵：info@suplogistics.com.hk
印　　刷：中華商務彩色印刷有限公司
香港新界大埔汀麗路36號
版　　次：二〇二一年十一月初版

ISBN：978-962-08-7884-8

18/F, North Point Industrial Building, 499 King's Road, Hong Kong
Published in Hong Kong, China
Printed in China